Stefan Radau

FRÜHLINGSSONATE

Die junge Johanna Dryander wächst in einem abgelegenen Alpendorf auf, wo Tradition und Familie alles bedeuten. Doch während ihr Vater sie als Nachfolgerin in seiner Uhrmacherwerkstatt sieht, schlägt Johannas Herz für die Musik. Ihre Seele gehört der Geige, inspiriert von der »Frühlingssonate«, die sie als Kind zum Träumen brachte. Nach Jahren des heimlichen Übens und einem mutigen Aufbruch nach Berlin scheint Johannas Traum in greifbarer Nähe: ein Studium an der renommierten Musikhochschule und die Chance, die Welt zu erobern. Doch als eine dringende Nachricht sie in ihre Heimat zurückruft, wird sie gezwungen, sich der Vergangenheit zu stellen. Im Schatten der Berge entdeckt Johanna nicht nur die tiefe Verbundenheit zu ihrem Vater, sondern auch die verschütteten Spuren ihrer verstorbenen Mutter, deren Melodien noch immer in den Wänden des Hauses nachhallen. Während sie versucht, zwischen Pflicht und Leidenschaft, Tradition und Neuanfang ihren eigenen Weg zu finden, entsteht eine neue Komposition – eine Musik, die beide Welten miteinander verbindet.

Stefan Radau

FRÜHLINGSSONATE

Roman

In den Bergen erklingt ein neues Lied,

wo Tradition und Träume sich verweben.

Die Saiten meiner Seele neu gestimmt,

finde ich mich selbst im Widerhall des Lebens.

Stefan Radau

PRÄLUDIUM

Die Sonne tauchte das kleine Alpendorf in warmes Licht, als die achtjährige Johanna Dryander zum ersten Mal die Frühlingssonate hörte. Sie saß auf der abgenutzten Holzbank vor dem Haus ihres Vaters, die Füße baumelten in der Luft, zu kurz noch, um den Boden zu berühren. Ihre Finger spielten unbewusst mit den Fransen ihres Schals, während die Klänge aus dem alten Radio drangen, das ihr Vater auf die Fensterbank gestellt hatte.

Die Melodie schien die Luft zu verwandeln. Johanna hielt den Atem an, als die ersten Noten der Violine erklangen – sanft, fast zögerlich, wie die ersten Sonnenstrahlen an einem Frühlingsmorgen. Dann schwoll die Musik an, wurde kräftiger, lebendiger, wie ein Bach, der nach der Schneeschmelze anschwillt.

»Papa!«, rief sie aufgeregt. »Hörst du das? Das ist so schön!«

Friedrich Dryander, der gerade dabei war, eine seiner präzisen Uhren zu reparieren, blickte kurz von seiner Arbeit auf. Ein flüchtiges Lächeln huschte über sein wettergegerbtes Gesicht. »Das ist Beethoven, Johanna. Die Frühlingssonate.«

Johanna schloss die Augen und ließ sich von der Musik tragen. Sie sah blühende Almwiesen vor sich, hörte das Läuten der Kuhglocken und das ferne Rauschen des Gebirgsbaches. Die Melodie schien all das in sich zu vereinen, was sie an ihrer Heimat liebte – und gleichzeitig weckte sie eine Sehnsucht in ihr, die sie noch nicht ganz verstand.

Als die letzten Töne verklangen, öffnete Johanna die Augen. Die Welt um sie herum schien verändert. Das alte Holzhaus ihres Vaters, die engen Gassen des Dorfes, die majestätischen Berge – alles war noch da, und doch anders. Als hätte die Musik einen Schleier gelüftet und ihr einen Blick auf etwas Größeres, Schöneres gewährt.

»Ich will das auch können, Papa« sagte sie leise, fast zu sich selbst. »So wie in der Sonate. So wie Mama.«

Friedrich seufzte kaum hörbar. Er legte sein Werkzeug beiseite und trat ans Fenster. Sein Blick schweifte über die vertraute Landschaft, die sich seit Generationen kaum verändert hatte.

»Johanna«, sagte er sanft, aber bestimmt, »wir sind Uhrmacher. Seit Jahrhunderten. Das ist unsere Bestimmung, unser Erbe.«

Johanna spürte, wie sich etwas in ihr zusammenzog. Sie liebte ihren Vater, liebte die filigranen Uhren, die er mit so viel Hingabe reparierte. Aber die Musik hatte etwas in ihr berührt, das tiefer ging als alle Tradition.

»Aber Papa«, flüsterte sie, »kann ich nicht beides sein? Eine Dryander und... eine Musikerin?«

Friedrich antwortete nicht sofort. Er betrachtete seine Tochter, sah das Leuchten in ihren Augen, das er nur zu gut kannte. Es war das gleiche Leuchten, das er vor vielen Jahren in den Augen ihrer Mutter gesehen hatte.

»Wir werden sehen, Johanna«, sagte er schließlich. »Wir werden sehen.«

Johanna nickte, zufrieden mit dieser Antwort, die weder ein Ja noch ein Nein war. Sie wusste noch nicht, dass dieser Moment der Beginn eines langen Kampfes sein würde – eines Kampfes zwischen Pflicht und Leidenschaft, zwischen den Erwartungen anderer und ihren eigenen Träumen.

Die letzten Sonnenstrahlen verschwanden hinter den Berggipfeln, und die Schatten im Tal wurden länger. Doch in Johannas Herzen erklang weiterhin die Melodie der Frühlingssonate, ein Versprechen von etwas Größerem, das jenseits der Berge auf sie wartete.

Die Jahre vergingen, und das kleine Mädchen, das einst verzaubert der Frühlingssonate gelauscht hatte, wuchs zu einer jungen Frau heran. Johanna Dryander, nun siebzehn Jahre alt, stand am Fenster ihres Zimmers und blickte auf das Dorf hinab. Es war früher Morgen, und der Nebel hing noch zwischen den Häusern, als wolle er die Zeit selbst verlangsamen.

In ihren Händen hielt sie eine Geige – nicht irgendeine Geige, sondern ein altes Instrument, das einst ihrer Mutter gehört hatte. Friedrich hatte es ihr an ihrem fünfzehnten Geburtstag gegeben, widerwillig zwar, aber mit einem Blick, der mehr sagte als tausend Worte. Es war sein Weg, ihr zu zeigen, dass er ihre Leidenschaft verstand, auch wenn er sie nicht immer unterstützen konnte.

Johanna hob die Geige an ihr Kinn und schloss die Augen. Die Melodie der Frühlingssonate floss durch ihre Finger, als wäre sie ein Teil von ihr. Sie hatte jahrelang heimlich geübt, hatte jede freie Minute genutzt, um besser zu werden. Die Musik war ihr Ausweg, ihr Fenster zu einer Welt jenseits der Berge.

Unten in der Werkstatt hörte Friedrich das Spiel seiner Tochter. Seine Hände, die gerade dabei waren, das Uhrwerk einer antiken Standuhr zu justieren, hielten für einen Moment inne. Er schloss die

Augen und ließ die Melodie über sich waschen. In solchen Momenten konnte er nicht leugnen, dass Johanna ein außergewöhnliches Talent besaß.

Doch mit dem Stolz kam auch die Sorge. Er wusste, dass die Welt außerhalb des Tals hart und unberechenbar war. Hier, in der Geborgenheit des Dorfes, war Johannas Zukunft sicher. Als Uhrmacherin würde sie ein respektiertes Mitglied der Gemeinschaft sein, würde das Erbe ihrer Familie fortführen. Aber als Musikerin? Friedrich schüttelte den Kopf. Es war ein unsicherer Weg, voller Risiken und Enttäuschungen.

Oben in ihrem Zimmer ließ Johanna den Bogen sinken. Ihr Blick wanderte zu dem kleinen Schreibtisch, auf dem ein aufgeschlagener Brief lag. Es war eine Einladung zu einem Vorspiel an der Musikhochschule in der Stadt. Eine Chance, von der sie immer geträumt hatte. Doch um sie wahrzunehmen, müsste sie das Dorf verlassen, müsste alles hinter sich lassen, was ihr vertraut war.

Sie trat ans Fenster und blickte hinaus auf die Berge, die sich majestätisch am Horizont erhoben. Sie waren immer da gewesen, unveränderlich, eine Erinnerung an ihre Heimat. Aber jetzt schienen sie ihr wie eine Mauer, die sie von der Welt da draußen trennte.

Johanna seufzte. Sie wusste, dass sie eine Entscheidung treffen musste. Eine Entscheidung zwischen der Sicherheit des Bekannten und dem Ruf ihres Herzens. Zwischen der Tradition ihrer Familie und dem Traum, der in ihr brannte.

Sie hob die Geige erneut und ließ sie mit sanftem Bogenstrich erklingen. Diesmal war es keine bekannte Melodie, sondern etwas Neues, etwas, das direkt aus ihrer Seele zu kommen schien. Es war eine Melodie voller Sehnsucht und Hoffnung, aber auch voller Zweifel und Furcht. Es war die Melodie ihres Lebens, das Lied ihrer Zukunft, die noch ungeschrieben vor ihr lag.

Unten in der Werkstatt hörte Friedrich die neue Melodie. Er erkannte die Frühlingssonate darin, aber es war mehr als das. Es war etwas Eigenes, etwas Besonderes. Und in diesem Moment wusste er, dass er seine Tochter nicht würde aufhalten können. Dass ihr Weg sie vielleicht weit weg führen würde, weit weg von den Uhren und den Bergen und allem, was er ihr hatte geben wollen.

Als die letzten Töne verklangen, stand Johanna noch lange am Fenster. Die Sonne war nun vollständig aufgegangen und tauchte das Tal in goldenes Licht. Ein neuer Tag begann, und mit ihm die Verheißung einer Zukunft, die noch ungeschrieben war.

In diesem Moment, zwischen den Echos der Frühlingssonate und dem Ticken der Uhren im Haus der Dryanders, stand Johanna an der Schwelle zu einem neuen Kapitel ihres Lebens. Ein Kapitel, das sie mit ihrer eigenen Melodie füllen würde, egal wohin sie der Weg auch führen mochte.

ALLEGRO

Der Berliner Frühling explodierte in einem Farben- und Klangrausch. Johanna Dryander stand am offenen Fenster ihrer kleinen Dachgeschosswohnung, die kühle Morgenluft auf ihrer Haut. Sie sog die Symphonie des erwachenden Lebens unter ihr in sich auf - das ferne Rauschen des Verkehrs, das Zwitschern der Vögel, das Lachen der Kinder auf dem Weg zur Schule. Goldenes Sonnenlicht tanzte über die Dächer, wärmte ihr Gesicht. Der Puls der Stadt beschleunigte sich spürbar mit jeder Minute.

Mit einem tiefen Atemzug wandte Johanna sich ab und griff nach ihrer Geige. Das vertraute Gewicht des Instruments in ihren Händen verankerte sie in der Gegenwart, vertrieb für einen Moment die Nervosität, die seit Tagen an ihr nagte. Heute war der Tag, auf den sie jahrelang hingearbeitet hatte - das Vorspielen bei Emil Bronstein, dem renommiertesten Violinlehrer Berlins. Ein Studienplatz bei ihm würde nicht nur ihre musikalische Zukunft sichern, sondern auch beweisen, dass ihre

Entscheidung, die Familientradition der Uhrmacherei für die Musik aufzugeben, die richtige war.

Die Anforderungen für das Vorspielen waren anspruchsvoll: Sechs Stücke mussten vorbereitet werden, drei vorgegebene und drei selbst gewählte, alle aus verschiedenen Epochen. Am Tag des Vorspiels würde sie eines selbst auswählen dürfen, während die Jury zwei weitere bestimmen würde. Diese Herausforderung hatte Johanna monatelang beschäftigt, jedes Stück bis zur Perfektion geübt.

Mit geschlossenen Augen hob Johanna den Bogen. Die ersten Töne von *Bachs Chaconne* erhoben sich, woben sich durch den Raum und hinaus in die Straßen Berlins - eine Herausforderung, ein Gebet. Johannas Mimik tanzte im Takt mit der Musik. In jede Phrase goss sie Sehnsucht und Triumph, Schmerz und Freude. Die Musik war ihr Anker, ihre Sprache, ihr Weg, die Welt zu verstehen und mit ihr zu kommunizieren.

Der letzte Ton verklang, und Johannas Augen öffneten sich abrupt. Ihr Blick fiel auf die alte Standuhr in der Ecke - ein Erbstück ihres Vaters. Sie starrte anklagend zurück. Eine Stunde bis zum Vorspielen.

Johannas Hände zitterten leicht, als sie behutsam die Geige in ihren Kasten legte. Ein letzter Blick in den Spiegel: blasse Haut, vor Konzentration zusammengezogene Augenbrauen, eine widerspenstige Locke, die sie hastig hinters Ohr strich.

Auf dem Weg zur Tür hielt Johanna an ihrem Schreibtisch inne. Ein gerahmtes Foto fiel ihr ins Auge - sie als Kind, strahlend neben ihrem Vater in seiner Werkstatt. Friedrich Dryanders stolzes Lächeln, seine Hand warm und sicher auf ihrer Schulter.

Die Erinnerung an diesen Tag traf sie wie eine Welle. Ihre erste reparierte Taschenuhr. Nichts Besonderes, eigentlich. Aber für ihren Vater… ein Triumph. Der Beweis, dass das Familienerbe weiterleben würde.

Johanna seufzte tief. Die Entscheidung, Musikerin zu werden, hatte einen Keil zwischen sie und ihren Vater getrieben. Für ihn war die Präzision der Uhrmacherei die höchste Kunst. Musik erschien ihm… frivol. Unnötig.

»Er hat dich gehen lassen« erinnerte sie sich selbst. Die Worte ihres Vaters hallten in ihrem Kopf nach: »Die Zeit wird zeigen, ob du den richtigen Takt gefunden hast, Johanna. Aber es ist dein Leben, deine Entscheidung.«

Mit einem letzten Blick auf das Foto griff Johanna nach ihrem Geigenkasten und verließ die Wohnung.

Die Straßen Berlins umarmten sie mit ihrer vertrauten Energie. Studenten eilten zu Vorlesungen, Straßenmusiker stimmten ihre Instrumente. Der Rhythmus der Großstadt - so anders als das ruhige Tempo ihres Heimatdorfes - pulsierte durch Johannas Adern, trieb sie vorwärts.

Vor dem Konservatorium zögerten ihre Schritte. Das imposante Gebäude ragte vor ihr auf, ein Tempel der Musik. Andere Bewerber drängten sich vor dem Eingang, einige übten fieberhaft letzte Passagen, andere saßen still, in sich gekehrt.

»Johanna!« Eine vertraute Stimme riss sie aus ihren Gedanken. Marc, ihr engster Freund seit Beginn ihres Musikstudiums, eilte auf sie zu. Seine Augen leuchteten vor Aufregung, aber Johanna konnte die Anspannung in seinen Schultern sehen. »Bereit, Geschichte zu schreiben?«

Sie zwang sich zu einem Lächeln, das nicht ganz ihre Augen erreichte. »So bereit, wie man nur sein kann. Und du?«

Marcs selbstsichere Fassade bröckelte für einen Moment. Er fuhr sich nervös durch die Haare. »Ich versuche, nicht daran zu denken, wie viele Größen Bronstein ausgebildet hat. Sonst werde ich noch verrückt.«

Johanna nickte verstehend. Sie beide wussten, was auf dem Spiel stand. Emil Bronstein hatte einige der besten Violinisten der Welt geformt. Bei ihm zu studieren bedeutete offene Türen, Chancen, von denen sie bisher nur geträumt hatten.

»Wir schaffen das« sagte Johanna, ebenso zu sich selbst wie zu Marc. Sie griff nach seiner Hand, drückte sie kurz. »Wir müssen einfach spielen, als gäbe es kein Morgen. Als würde die Welt um uns verschwinden, und nur die Musik bleiben.«

Marc lächelte dankbar. »Du hast Recht. Wir sind nicht umsonst so weit gekommen.«

Die Tür zum Vorspielraum öffnete sich. Ein Assistent rief den nächsten Namen auf. Die Spannung im Raum wurde greifbar. Johanna schloss die Augen, atmete tief durch. Die Stimme ihres Vaters hallte in ihrem Kopf nach: »Konzentration und Präzision, Johanna. Wie ein Uhrwerk. Jedes Teil muss perfekt sein, damit das Ganze funktioniert.«

»Johanna Dryander.«

Sie stand auf, ihre Beine plötzlich wie Blei. Marc drückte noch einmal ihre Hand. »Zeig ihnen, was du drauf hast«, flüsterte er. »Verzaubere Sie mit deiner Musik.«

Der Vorspielraum wirkte größer, als Johanna erwartet hatte. Hohe Decken, große Fenster, durch die warmes Sonnenlicht fiel. Am anderen Ende des Raumes saßen fünf Personen an einem langen Tisch, ihre Gesichter ernst und konzentriert. Und dort, in der Mitte - Emil Bronstein. Sein durchdringender Blick schien direkt in Johannas Seele zu schauen.

»Guten Tag, Frau Dryander«, sagte er mit ausgeprägtem russischen Akzent. Seine Stimme war tiefer, als Johanna erwartet hatte. »Womit möchten Sie beginnen?«

Johanna spürte, wie ihr Herz raste. Sie zwang sich, ruhig zu atmen. »Mit *Bachs Chaconne*, bitte.«

Bronstein nickte anerkennend. Die *Chaconne* - ein Wagnis, das nicht viele eingingen. Ein Stück, das nicht nur technische Perfektion, sondern auch tiefes musikalisches Verständnis erforderte.

Johanna hob ihre Geige, legte sie an ihre Schulter. Das vertraute Gewicht beruhigte sie. Sie schloss die Augen, ließ die Welt um sich herum verschwinden. Für einen Moment war sie wieder das kleine Mädchen in der Werkstatt ihres Vaters, das zum ersten Mal die Magie der Musik entdeckte.

Sie spielte.

Die Eröffnungsakkorde füllten den Raum mit einer Kraft und Klarheit, die Johanna selbst überraschte. Sie spürte, wie die Musik von ihr Besitz ergriff, wie jede Note, jeder Bogenstrich nicht nur von ihren Händen, sondern von ihrem ganzen Wesen ausging.

Die *Chaconne* entfaltete sich wie eine aufblühende Blume. Von majestätischem Beginn über den introspektiven Mittelteil bis zum triumphalen Finale - Johanna führte die Jury auf eine emotionale Reise. In ihrem Spiel verschmolzen technische Brillanz und tiefes musikalisches Verständnis zu etwas Größerem.

Als der letzte Akkord verklang, herrschte für einen Herzschlag absolute Stille im Raum. Johanna öffnete langsam die Augen und begegnete Bronsteins Blick. Für einen flüchtigen Moment glaubte sie, ein Lächeln in seinen Augen zu sehen.

»Sehr gut« sagte Bronstein schließlich. Seine Stimme verriet keine Emotion. »Nun das *Sibelius-Violinkonzert*, bitte. Erster Satz.«

Ohne zu zögern, ließ sich Johanna in das hypnotische Eröffnungsthema gleiten. Sie ließ ihre Geige singen, weinen, jubeln. Jede Phrase war sorgfältig gestaltet, jede technische Herausforderung mit scheinbarer Leichtigkeit gemeistert. In ihrem Kopf hörte sie das ganze Orchester, reagierte auf imaginäre Einsätze, erzählte eine emotionale und virtuose Geschichte in geheimnisvoller Atmosphäre.

Als sie endete, nickte Bronstein anerkennend. »Und zum Abschluss, Paganini.«

Johannas Herz machte einen Satz. Dies war der Moment der Wahrheit. *Paganinis 24. Caprice -*

berüchtigt für seine teuflische Schwierigkeit. Ein Stück, das selbst erfahrene Violinisten ins Schwitzen brachte.

Sie holte tief Luft, sammelte sich. Dann begann sie zu spielen. Ihre Finger flogen über die Saiten, meisterten mühelos die komplizierten Doppelgriffe, die rasenden Läufe, die künstlichen Flageoletts. Es war, als würde die Musik direkt aus ihrer Seele strömen, ungefiltert und rein.

Als der letzte Ton verklang, wusste Johanna, dass sie alles gegeben hatte. Sie hatte ihr Herz, ihre Seele in diese Vorstellung gelegt. Langsam senkte sie den Bogen und blickte erwartungsvoll zur Jury.

Emil Bronstein lehnte sich zurück, seine Miene undurchdringlich. Für einen langen Moment sagte niemand etwas. Dann nickte er langsam. »Danke, Frau Dryander«, sagte er schließlich. »Wir werden Sie informieren.«

Mit zitternden Knien verließ Johanna den Raum. Marc wartete draußen, seine Augen voller Fragen.

»Und?« fragte er atemlos.

Johanna schüttelte benommen den Kopf. Die Anspannung der letzten Stunden fiel plötzlich von ihr ab, ließ sie erschöpft und unsicher zurück. »Ich weiß nicht«, murmelte sie. »Ich habe alles gegeben, aber… Bronstein ist so schwer zu lesen. Ich habe keine Ahnung, was er denkt.«

Marc ließ seinen Blick über die belebte Straße schweifen. »Weißt du, manchmal frage ich mich, ob wir alle in einer endlosen Audition feststecken – immer vor einer Jury, immer auf der Suche nach Bestätigung.« Er sah Johanna an. »Aber du spielst anders. Du spielst nicht, um jemanden zu beeindrucken. Du spielst, weil du nicht anders kannst.«

Die nächsten Tage waren eine Qual des Wartens. Johanna versuchte, sich abzulenken - sie übte, komponierte, ging lange Spaziergänge durch die Stadt. Aber ihre Gedanken kreisten immer wieder um das Vorspiele. Hatte sie genug getan? War ihr Spiel technisch sauber genug, musikalisch überzeugend genug? Jedes Mal, wenn ihr Telefon klingelte, zuckte sie zusammen.

Die erlösende Nachricht kam an einem verregneten Nachmittag. Johanna saß an ihrem Schreibtisch, versunken in eine neue Komposition, als ihr Telefon klingelte. Die Nummer des Konservatoriums leuchtete auf dem Display.

Mit klopfendem Herzen nahm sie ab. »Hallo?«

»Frau Dryander?« Die Stimme des Assistenten klang freundlich. »Ich freue mich, Ihnen mitteilen zu können, dass Sie für das Stipendium bei Maestro Bronstein ausgewählt wurden. Herzlichen Glückwunsch!«

Die Worte trafen Johanna wie ein elektrischer Schlag. Für einen Moment war sie sprachlos, unfähig zu begreifen, was sie gerade gehört hatte. Dann brach es aus ihr heraus - ein Lachen, ein Schluchzen, eine Mischung aus Erleichterung und überwältigender Freude.

»Danke«, brachte sie schließlich hervor. »Vielen, vielen Dank.«

Sie hatte es geschafft. Die Chance ihres Lebens, der Traum, für den sie so hart gearbeitet hatte - er war Wirklichkeit geworden.

Mit zitternden Händen griff Johanna nach ihrem Handy. Sie musste es jemandem erzählen, musste diese unbändige Freude teilen. Ohne zu zögern, wählte sie Marcs Nummer.

»Marc!« rief sie, sobald er abnahm, ihre Stimme überschlug sich fast vor Aufregung. »Ich hab's geschafft! Ich bin angenommen!«

»Was? Johanna, das ist ja fantastisch!« Marcs Begeisterung war selbst durch das Telefon spürbar. »Ich wusste, du schaffst es! Wir müssen das feiern!«

»Ja, unbedingt!« stimmte Johanna zu, ihr Herz raste vor Freude. »Lass uns die anderen zusammentrommeln. Heute Abend, in unserer Stammbar am Prenzlauer Berg?«

»Perfekt! Ich kümmere mich darum. Um acht?«

»Um acht. Ich kann's kaum erwarten!«

Die Feier mit ihren Kommilitonen in einer kleinen Bar am Prenzlauer Berg war ein Rausch aus Lachen, Musik und Träumen. Der Wein floss, Pläne wurden geschmiedet, die Welt schien ihnen zu Füßen zu liegen. Johanna, umringt von Freunden und Mitstreitern, fühlte sich wie im Zentrum eines Universums voller Möglichkeiten.

»Auf Johanna!« rief Marc und hob sein Glas. Seine Augen glänzten vor Stolz. »Die nächste große Violinistin unserer Generation!«

Die anderen stimmten ein, und Johanna spürte, wie ihr die Röte ins Gesicht stieg. Sie lachte, trank und ließ sich von der Euphorie des Moments tragen. In ihrem Kopf formten sich bereits Melodien, Kompositionen, die sie eines Tages der Welt schenken würde.

Doch inmitten des Trubels, als das Lachen ihrer Freunde sie wie eine warme Decke umhüllte, spürte Johanna plötzlich einen Stich. Ein flüchtiger Gedanke an zu Hause, an die Berge, an ihren Vater. Für einen Moment sah sie sein Gesicht vor sich, die tiefen Furchen um seine Augen, die von Jahren harter Arbeit und stiller Sorge zeugten.

Sie griff nach ihrem Handy, zögerte. Was würde sie ihm sagen? Wie würde er reagieren? Würde er erfreut sein oder nur enttäuscht, dass sie sich endgültig gegen die Familientradition entschieden hatte?

Mit einem leisen Seufzer steckte Johanna das Telefon wieder weg. Das Gespräch mit ihrem Vater konnte warten. Die heutige Nacht gehört der Freude, dem Triumph, den Träumen von der Zukunft.

Sie hob ihr Glas, prostete ihren Freunden zu. »Auf die Musik« sagte sie lächelnd. »Und auf alles, was noch kommen wird.«

Die Zukunft lag vor ihr, strahlend und voller Verheißungen. Aber Johanna wusste, dass der Weg nicht einfach sein würde. Das Studium bei Bronstein würde ihr alles abverlangen, sie an ihre Grenzen bringen und darüber hinaus.

Und irgendwo, tief in ihrem Herzen, wartete noch eine andere Herausforderung: Die Brücke zu ihrem Vater wieder aufzubauen, ihm zu zeigen, dass die Präzision der Musik, der der Uhrmacherei in nichts nachstand. Dass sie ihren eigenen Weg gefunden hatte, ohne ihre Wurzeln zu vergessen.

Aber das war eine Aufgabe für morgen. Heute Nacht feierte Johanna ihren Triumph, umgeben von Freunden, getragen von Musik und der Gewissheit, dass sie genau dort war, wo sie sein sollte.

Der nächste Morgen empfing Johanna mit dem sanften Trommeln von Regentropfen gegen ihr

Fenster. Noch benommen vom Vorabend öffnete sie die Augen, ein Lächeln umspielte ihre Lippen. Die Erinnerung an ihren Triumph durchströmte sie wie ein warmer Sommerwind.

Ihr Blick streifte den Briefstapel, den sie in der Euphorie des Vorabends achtlos beiseitegeschoben hatte. Ein Umschlag stach hervor, anders als die üblichen Rechnungen und Werbungen. Das Papier war dick, die Handschrift vertraut. Ein warmer Schauer der Vorfreude und Sorge durchlief sie, als sie den vertrauten Stempel ihres Bergdorfes entdeckte.

Mit zitternden Fingern öffnete Johanna den Umschlag. Die Worte verschwammen vor ihren Augen, doch ihre Bedeutung traf sie wie ein Schlag:

Liebe Johanna,

ich hoffe, dieser Brief erreicht dich wohlauf. Es fällt mir nicht leicht, dir zu schreiben, aber die Umstände zwingen mich dazu. Dein Vater ist erkrankt. Er hat Krebs, Johanna. Die Ärzte sind besorgt, sein Zustand ist kritisch. Er spricht oft von dir, auch wenn er es nicht zugibt. Er braucht dich, Johanna. Ich weiß, du hast dein eigenes Leben in der Großstadt, deine Träume und Ambitionen. Aber vielleicht findest du es in deinem Herzen, nach Hause zu kommen, wenn auch nur für eine Weile.

In Liebe,
Tante Maria

Die Welt um Johanna herum schien zu erstarren. Der Jubel des Vorabends, die Pläne, die Träume - alles verblasste angesichts dieser Nachricht. Sie starrte aus dem Fenster, sah aber nicht die grauen Häuserfronten der Metropole, sondern die schneebedeckten Gipfel ihrer Heimat, das kleine Haus am Dorfrand, in dem ihr Vater jetzt mit dem Tod rang.

Die folgenden Stunden zerflossen in einer traumartigen Unwirklichkeit. Johanna ging mechanisch durch die Bewegungen des Tages, doch ihre Gedanken schwebten in der Ferne. In ihrem Kopf tobte ein Sturm aus widerstreitenden Gefühlen und Gedanken.

Das Stipendium, die Chance, bei Emil Bronstein zu studieren - es war der Gipfel ihrer Ambitionen. Der Weg zur Spitze, von dem sie immer geträumt hatte, lag nun offen vor ihr. Doch der Preis dafür schien plötzlich unermesslich hoch.

Sie dachte an ihren Vater, an seine rauen Hände, die so behutsam die feinsten Uhrwerke reparierten. An sein seltenes Lächeln, wenn sie als Kind ihre ersten unsicheren Töne auf der Geige spielte. An die stillen Abende, an denen sie nebeneinander saßen, er mit einer Uhr, sie mit ihrer Geige, verbunden durch die Konzentration und Hingabe an ihr jeweiliges Handwerk.

Ein sanftes Klopfen an der Tür riss sie aus ihren Gedanken. Marc, ihr bester Freund und Studienkollege, trat ein. Seine Augen spiegelten Sorge und Verständnis wider.

»Johanna, was ist los? Du siehst aus, als hättest du eine Geistererscheinung gehabt.«

Sie zögerte einen Moment, bevor die Worte aus ihr herausbrachen. »Mein Vater ist krank, Marc. Sehr krank. Ich... ich weiß nicht, was ich tun soll.«

Marc setzte sich neben sie, legte sanft einen Arm um ihre Schultern. »Oh Johanna, das tut mir so leid. Wie schlimm ist es?«

»Krebs« flüsterte sie, das Wort hing schwer in der Luft zwischen ihnen. »Tante Maria sagt, sein Zustand sei kritisch. Sie bittet mich, nach Hause zu kommen.«

Marc schwieg einen Moment, seine Stirn in nachdenkliche Falten gelegt. »Und das Stipendium? Hast du schon eine Entscheidung getroffen?«

Johanna schüttelte den Kopf, Tränen stiegen ihr in die Augen. »Ich weiß es nicht, Marc. Wie kann ich eine solche Entscheidung treffen? Auf der einen Seite ist da mein Vater, meine Familie. Auf der anderen Seite alles, wofür ich so hart gearbeitet habe. Es fühlt sich an, als müsste ich einen Teil von mir aufgeben, egal wie ich mich entscheide.«

Marc drückte sanft ihre Hand. »Du musst das nicht sofort entscheiden, Johanna. Vielleicht gibt es einen Weg, beides zu vereinbaren? Hast du schon mit dem Konservatorium gesprochen?«

»Nein« gab Johanna zu. »Ich war wie gelähmt, seit ich den Brief gelesen habe.«

»Dann lass uns das als Erstes tun« schlug Marc vor. »Vielleicht können sie dir einen Aufschub gewähren oder eine andere Lösung finden. Du bist eine ihrer besten Studentinnen, sie werden sicher versuchen, dir entgegenzukommen.«

Johanna nickte langsam. Die Idee, aktiv nach einer Lösung zu suchen, anstatt sich von der Situation überrollen zu lassen, gab ihr ein Gefühl von Kontrolle zurück.

In den nächsten Tagen führte Johanna zahlreiche Gespräche. Mit dem Konservatorium, das sich überraschend verständnisvoll zeigte und ihr anbot, das Stipendium um ein Semester zu verschieben. Mit Tante Maria, die ihr versicherte, dass ihr Vater zwar krank, aber stabil sei. Mit Marc, der ihr immer wieder Mut zusprach und half, die verschiedenen Optionen abzuwägen.

Doch trotz all der Unterstützung und der scheinbar gefundenen Kompromisse fühlte Johanna sich zerrissen. Die Vorstellung, ihr Studium zu verschieben, fühlte sich an wie ein Verrat an ihren Träumen. Gleichzeitig nagte der Gedanke an ihren kranken Vater unablässig an ihr.

Eine Woche nach Erhalt des Briefes saß Johanna spätabends in ihrem kleinen Zimmer, umgeben von Notenblättern und Fotos ihrer Familie. Sie hatte eine neue Melodie komponiert, eine, die von Sehnsucht und Heimweh erzählte, von der Spannung zwischen Vergangenem und der Zukunft.

Als die letzten Töne verklangen, wusste Johanna, dass sie eine Entscheidung getroffen hatte. Mit zitternden Händen griff sie zum Telefon. Die Nummer des Konservatoriums war ihr so vertraut wie die eigene. Das Tuten in der Leitung klang wie ein ferner Herzschlag.

»Hochschule für Musik Hanns Eisler, guten Abend.«

Johanna atmete tief durch. Ihre Stimme war ruhig, aber entschlossen. »Hier spricht Johanna Dryander. Ich möchte das Angebot annehmen, mein Stipendium um ein Semester zu verschieben. Es gibt dringliche familiäre Gründe.«

Die Worte hingen in der Luft, nicht unwiderruflich, aber bedeutungsschwer. Johanna spürte, wie sich etwas in ihr löste, als hätte sie einen Teil von sich selbst wiedergefunden.

Am nächsten Morgen klopfte es an ihrer Tür. Marc trat ein, ein fragender Ausdruck in seinen Augen.

»Ich fahre nach Hause, Marc« sagte Johanna leise. »Aber nur für eine Weile. Das Konservatorium hat mir einen Aufschub gewährt. Ich werde zurückkommen und meine Ausbildung fortsetzen.«

Marc nickte verstehend. »Du gibst nichts auf, Johanna« sagte er sanft. »Du nimmst dir die Zeit, die du brauchst. Deine Musik, deine Träume - sie werden auf dich warten. Und wer weiß? Vielleicht findest du in deiner Heimat neue Inspiration.«

Sie lächelte dankbar. Wie konnte sie erklären, dass die Musik in ihrem Herzen nicht nur aus Noten bestand, sondern auch aus dem Rauschen des Windes in den Bergtälern, aus dem Ticken der Uhren in der Werkstatt ihres Vaters?

Die nächsten Tage vergingen in einem Wirbel aus Vorbereitungen. Johanna packte ihre wenigen Habseligkeiten, verabschiedete sich von Freunden, die ihre Entscheidung nun besser verstehen konnten.

Der Zug in die Heimat, eine Brücke zurück zu ihren Wurzeln, wartete geduldig am Bahnsteig. Johanna blickte ein letztes Mal zurück auf die Skyline der Großstadt, die ihr Träume und Möglichkeiten geschenkt hatte. Dann stieg sie ein, ihre Geige fest an sich gedrückt wie einen Talisman.

Die Reise war eine Symphonie der Kontraste. Mit jedem Kilometer, den der Zug zurücklegte, veränderte sich die Landschaft. Die dicht gedrängten Häuser wichen weiten Feldern, sanften Hügeln und schließlich den majestätischen Alpen. Johanna beobachtete den Wandel durch das Zugfenster, spürte, wie sich etwas in ihr veränderte, als näherte sie sich nicht nur geografisch, sondern auch seelisch ihren Ursprüngen.

Die letzten Stunden der Fahrt verbrachte sie damit, in ihrem Notizbuch zu komponieren. Die Melodie, die sich in ihrem Kopf formte, war anders als alles, was sie bisher geschrieben hatte. Es war keine reine Konzertmusik mehr, sondern etwas Ursprünglicheres, Erdverbundeneres. Die Noten auf dem Papier schienen die Geschichte ihrer Reise zu erzählen, von der pulsierenden Metropole zu den stillen Bergen, eine Brücke zwischen zwei Welten, die in ihrem Herzen zu verschmelzen begannen.

Als der Zug schließlich in den kleinen Bahnhof ihres Heimatdorfes einfuhr, fühlte Johanna eine

Mischung aus Aufregung und Furcht. Sie wusste nicht, was sie erwarten würde, wie sie ihren kranken Vater vorfinden würde. Doch sie war bereit, sich dieser Herausforderung zu stellen, mit der Gewissheit, dass ihre Musik und ihre Träume nicht verloren waren, sondern nur eine neue, tiefere Dimension gewonnen hatten.

Mit einem tiefen Atemzug griff sie nach ihrem Koffer und ihrer Geige. Es war Zeit, nach Hause zu gehen und sich den Melodien ihrer Vergangenheit zu stellen.

Tante Maria, die Schwester von Johannas Vater, war eine Frau, die das Leben gezeichnet hatte. Als Witwe ohne eigene Kinder hatte sie ihre ganze Liebe und Fürsorge auf ihre Nichte Johanna und ihren Bruder Friedrich konzentriert. Ihr wettergegerbtes Gesicht, von feinen Lachfältchen durchzogen, spiegelte die Härte des Berglebens wider, aber ihre warmen braunen Augen strahlten eine Güte aus, die Johanna schon als Kind in ihren Bann gezogen hatte.

Maria war es gewesen, die nach dem frühen Tod von Johannas Mutter die Rolle der mütterlichen Bezugsperson übernommen hatte. Sie hatte Johanna das Stricken beigebracht, ihr die Namen der Bergblumen erklärt und ihr in den schwierigen Teenagerjahren mit Rat und Trost zur Seite gestanden.

Obwohl sie selbst nie die Chance gehabt hatte, eine höhere Bildung zu genießen, hatte sie Johannas musikalisches Talent von Anfang an erkannt und gefördert. Sie war es gewesen, die Friedrich überzeugt hatte, Johanna Geigenunterricht nehmen zu lassen, auch wenn das bedeutete, dass sie dafür ins Tal fahren mussten.

Tante Maria erwartete sie am Bahnsteig, ihr Gesicht eine Mischung aus Freude und Sorge. Die Jahre hatten ihre Spuren hinterlassen, neue Falten waren hinzugekommen, und ihr einst rabenschwarzes Haar war nun von silbernen Strähnen durchzogen. Doch ihre Haltung war aufrecht wie eh und je, eine stille Stärke ausstrahlend, die Johanna sofort an ihre Kindheit erinnerte.

Die Umarmung der beiden Frauen war lang und innig, voller unausgesprochener Worte. Johanna spürte die knochigen Schultern ihrer Tante, roch den vertrauten Duft nach Kräutern und frisch gebackenem Brot, der sie immer umgab.

»Wie geht es ihm?« fragte Johanna leise, als sie sich voneinander lösten.

Tante Maria seufzte, ihre Augen verdunkelten sich für einen Moment. »Es geht auf und ab. Aber er ist stark, dein Vater. Und jetzt, wo du hier bist….« Sie ließ den Satz unvollendet, aber Johanna verstand. Maria hatte schon immer die Gabe besessen, mehr mit ihrem Schweigen zu sagen als andere mit vielen Worten.

Während sie durch das Dorf gingen, spürte Johanna die Blicke der Dorfbewohner auf sich. Neugierige Blicke, geflüsterte Unterhaltungen. Sie war die verlorene Tochter, die zurückkehrte – aber war sie noch dieselbe, die vor Jahren fortgegangen war? Tante Maria ging aufrecht neben ihr, ihr Gang trotz der Jahre noch immer energisch. Sie nickte den Dorfbewohnern zu, hier und da ein paar Worte wechselnd, immer darauf bedacht, Johanna zu schützen, ihr Raum zu geben.

»Johanna? Bist du das?« rief die alte Frau Huber aus ihrem Garten. »Meine Güte, wie du gewachsen bist!«

Tante Maria lächelte warm. »Frau Huber, Sie haben recht. Unsere Johanna ist eine richtige Dame geworden.« Ihre Stimme war voller Selbstbewusstsein, und Johanna spürte, wie sich etwas in ihr entspannte. In den Augen ihrer Tante war sie nicht die verlorene Tochter, sondern einfach Johanna, geliebt und akzeptiert, egal wie weit sie gegangen war oder wie sehr sie sich verändert hatte.

Als sie weitergingen, legte Tante Maria sanft eine Hand auf Johannas Arm. »Weißt du« sagte sie leise, »dein Vater hat jede Woche nach dir gefragt. Er hat es nie zugegeben, aber ich konnte es in seinen

Augen sehen. Er ist so stolz auf dich, Johanna. Auch wenn er es vielleicht nicht zeigen kann.«

In diesem Moment wurde Johanna klar, dass Tante Maria nicht nur gekommen war, um sie abzuholen. Sie war hier, um eine Brücke zu bauen - zwischen Vergangenheit und Gegenwart, zwischen Vater und Tochter, zwischen dem Dorf und der Welt da draußen. Und Johanna war dankbar, dass sie diese weise, starke Frau an ihrer Seite hatte, während sie sich den Herausforderungen stellte, die vor ihr lagen.

Das Haus ihres Vaters stand am Rand des Dorfes, umgeben von einem kleinen Garten. Der Anblick traf Johanna wie ein Schlag in die Magengrube. Es sah älter aus, als sie es in Erinnerung hatte, die Farbe an den Fensterläden war verblasst, der Garten wirkte ungepflegt. Es war, als hätte die Krankheit ihres Vaters auch das Haus befallen.

Mit klopfendem Herzen öffnete Johanna die Tür. Der vertraute Geruch von Holz und Metall, von Öl und Vergänglichkeit empfing sie. Das leise Ticken unzähliger Uhren erfüllte den Raum, ein stetiger Rhythmus, der die Flüchtigkeit der Zeit zu betonen schien.

Und dort, in seinem alten Lehnstuhl am Fenster, saß ihr Vater. Friedrich Dryander war ein Schatten seiner selbst, abgemagert und blass. Aber seine

Augen, diese klaren, blauen Augen, leuchteten auf, als er seine Tochter sah.

»Johanna«, sagte er, seine Stimme kaum mehr als ein Flüstern. »Du bist gekommen.«

Sie eilte an seine Seite, kniete sich neben ihn und ergriff seine Hand. Sie war kalt und knochig, so anders als die starken, warmen Hände, die sie in Erinnerung hatte.

»Natürlich bin ich gekommen, Papa« sagte sie und spürte, wie ihr die Tränen in die Augen stiegen. »Ich bin hier. Ich bin zu Hause.«

Friedrich lächelte schwach. Sein Blick wanderte zu der Geige, die Johanna noch immer bei sich trug. »Spielst du mir etwas vor?« fragte er leise.

Johanna nickte stumm. Sie erhob sich, nahm die Geige aus ihrem Kasten und begann zu spielen. Es war keine der komplizierten Konzertarien, die sie in Berlin geübt hatte. Stattdessen spielte sie eine einfache, alte Volksweise, eine Melodie, die sie als Kind oft von den Hirten auf den Almen gehört hatte.

Die Musik erfüllte den Raum, verwebte sich mit dem Ticken der Uhren zu einer Symphonie der Vergänglichkeit. Johanna spielte mit geschlossenen Augen, ließ ihre Finger die vertrauten Muster finden. Als sie die Augen wieder öffnete, sah sie, dass ihr Vater eingeschlafen war, ein friedliches Lächeln auf seinen Lippen.

Als die letzten Töne der Melodie verklangen, senkte Johanna langsam den Bogen. Das Ticken der Uhren schien lauter als zuvor, ein Rhythmus, der sie willkommen hieß und gleichzeitig an die unaufhaltsame Vergänglichkeit erinnerte.

Sie blickte auf ihren schlafenden Vater, auf seine eingefallenen Wangen und die tiefen Furchen um seine Augen. In diesem Moment wurde ihr die volle Schwere ihrer Entscheidung bewusst. Sie hatte das Dorf für ihren Lebenstraum verlassen und war dem ruf Ihrer Tante zurück in die Heimat gefolgt. Als sie die friedliche Miene ihres Vaters sah, spürte sie eine tiefe Gewissheit, dass es richtig gewesen war.

Leise, um ihn nicht zu wecken, stellte Johanna ihre Geige beiseite und setzte sich auf den Stuhl neben ihm. Ihre Finger fanden wie von selbst den alten Wecker auf dem Beistelltisch – ein Erbstück, das schon ihrem Großvater gehört hatte. Sie drehte ihn vorsichtig in ihren Händen, spürte das vertraute Gewicht, die feinen Gravuren im Metall.

Draußen begann es zu dämmern, und die letzten Sonnenstrahlen fielen durch das Fenster, tauchten den Raum in ein warmes, goldenes Licht. Es war, als würde der Moment für einen Augenblick innehalten, als gäbe es nur diesen Raum, diesen Atemzug der Gegenwart.

Johanna schloss die Augen und ließ die Eindrücke des Tages Revue passieren. Die hektische Abreise aus Berlin, die lange Zugfahrt durch sich wandelnde Landschaften, die Ankunft im Dorf. Alles schien so weit weg und doch greifbar nah. In ihrem Kopf formten sich neue Melodien, anders als alles, was sie bisher komponiert hatte. Es waren Klänge, die von Heimat erzählten, von Verlust und Wiederkehr, von der Spannung zwischen Tradition und Aufbruch.

Als sie die Augen wieder öffnete, sah sie, dass ihr Vater erwacht war und sie beobachtete. Sein Blick war klar, fast durchdringend.

»Du hättest nicht kommen müssen, Johanna«, sagte er leise. »Dein Leben ist jetzt in Berlin.«

Johanna schüttelte sanft den Kopf. »Mein Leben ist da, wo ich gebraucht werde, Papa. Und im Moment ist das hier.«

Friedrich seufzte, ein Hauch von Schuld in seinen Augen. »Ich wollte nie, dass du deine Träume für mich aufgibst.«

»Ich gebe sie nicht auf« erwiderte Johanna mit einem leichten Lächeln. »Ich verschiebe sie nur etwas.«

Sie nahm seine Hand in ihre, spürte die raue Haut, die von Jahren präziser Arbeit an feinsten Uhrwerken erzählte. In diesem Moment wurde ihr bewusst, dass ihre Rückkehr nicht nur eine Pflicht war, sondern auch eine Chance. Eine Chance, die Kluft zu überbrücken, die sich über die Jahre zwischen ihnen aufgetan hatte.

»Erzähl mir von Berlin«, bat Friedrich nach einer Weile. »Von deiner Musik, deinen Erfolgen.«

Und so begann Johanna zu erzählen. Von den endlosen Übungsstunden, den Auftritten, den Momenten des Zweifels und des Triumphs. Sie sprach von der Magie, wenn ein Orchester zum ersten Mal eine neue Komposition zum Leben erweckte, von der Stille im Konzertsaal kurz bevor der erste Ton erklang.

Friedrich hörte aufmerksam zu, seine Augen leuchteten mit einem Interesse, das Johanna lange nicht mehr bei ihm gesehen hatte. Es war, als würden sie sich zum ersten Mal wirklich begegnen, nicht als Vater und Tochter, sondern als zwei Menschen, die eine Leidenschaft teilten – er für die Präzision der Zeit, sie für die Flüchtigkeit der Musik.

Als Johanna geendet hatte, herrschte für einen Moment Stille im Raum. Dann sagte Friedrich leise: »Ich habe einen Fehler gemacht, Johanna. Ich wollte dich beschützen, dich auf einen sicheren

Weg führen. Aber ich habe nicht gesehen, dass dein Weg ein anderer sein muss als meiner.«

Tränen stiegen Johanna in die Augen. Sie drückte sanft die Hand ihres Vaters. »Es ist nie zu spät, Papa. Wir haben Zeit.«

Ein schwaches Lächeln huschte über Friedrichs Gesicht. »Zeit«, murmelte er. »Ja, die haben wir. Aber nutzen wir sie weise?«

In diesem Moment klopfte es an der Tür, und beide schreckten auf. Tante Maria lugte herein, einen dampfenden Topf in den Händen. »Ich dachte, ihr könntet vielleicht Hunger haben«, sagte sie, ihr Blick zwischen Johanna und Friedrich hin und her wandernd, die aufgeladene Atmosphäre spürend.

»Danke, Maria«, sagte Friedrich, seine Stimme kräftiger als zuvor. »Setz dich zu uns.«

Während Tante Maria geschäftig den Tisch deckte, spürte Johanna, wie sich etwas in der Luft veränderte. Die Spannung, die sich aufgebaut hatte, löste sich auf, ersetzt durch eine Wärme, die von der einfachen Handlung des gemeinsamen Essens auszugehen schien.

»Also, Johanna«, sagte Tante Maria, als sie sich zum Essen setzten, »wirst du länger bleiben?«

Johanna blickte zu ihrem Vater, dann zurück zu ihrer Tante. »Ich… ich bin mir noch nicht sicher. Es gibt viel zu klären.«

Johanna spürte, wie sich ein Kloß in ihrem Hals bildete. Sie streckte die Hände aus und ergriff sowohl die ihres Vaters als auch die ihrer Tante. »Ja. Ich glaube, ich möchte gern ein paar Wochen bleiben.«

Während sie aßen, Geschichten und Lachen teilten, spürte Johanna, wie sich in ihrem Kopf die Anfänge einer neuen Melodie formten. Es war eine Komposition, die von Heimkehr sprach, von Versöhnung, vom komplizierten Tanz zwischen Vergangenheit und Zukunft. Und während die Uhren stetig um sie herum tickten, jeden kostbaren Moment markierend, wusste Johanna, dass dieses Kapitel ihres Lebens, so unerwartet es auch war, vielleicht ihre schönste Komposition werden würde.

ADAGIO

In dieser Nacht schlief Johanna unruhig, eingehüllt in den vertrauten Geruch ihrer Kindheit. Das alte Holzbett knarrte bei jeder Bewegung, ein leises Echo der tickenden Uhren aus dem Erdgeschoss. Träume und Erinnerungen vermischten sich in ihrem Kopf, Bilder von glitzernden Konzertsälen und schneebedeckten Berggipfeln, von lächelnden Gesichtern und enttäuschten Blicken.

Als der erste Hahnenschrei die Morgendämmerung ankündigte, gab Johanna den Kampf um den Schlaf auf. Sie stand auf und trat ans Fenster, öffnete es weit und ließ die kühle Alpenluft herein. Der Himmel war ein Gemälde aus Pastelltönen, Rosa und Lavendel, durchzogen von den ersten goldenen Sonnenstrahlen. In der Ferne konnte sie die Silhouetten der Berge erkennen, majestätisch und unveränderlich, Wächter über das Tal und seine Geheimnisse.

Mit einem tiefen Atemzug begann Johanna, sich in ihrem alten Zimmer einzurichten. Jedes Stück, das sie aus ihrem Koffer nahm, schien eine Geschichte zu erzählen — von ihren Triumphen in Berlin, aber auch von dem Leben, das sie zurückgelassen hatte. Ihre Konzertkleidung, elegant und fremd in dieser Umgebung, hing sie behutsam in den alten Schrank. Die Noten, die sie mitgebracht hatte, stapelten sich auf dem kleinen Schreibtisch, ein stummer Vorwurf an die Entscheidung, die sie getroffen hatte.

Als sie ihre Geige aus dem Kasten nahm, hielt sie einen Moment inne. Das Instrument fühlte sich plötzlich schwer an, als trüge es das Gewicht all ihrer Entscheidungen. Vorsichtig strich sie über das glatte Holz, spürte die feinen Rillen und Unebenheiten unter ihren Fingerspitzen. Es war, als würde sie zwei Welten in ihren Händen halten — die Welt der klassischen Musik, der Konzertsäle und des Ruhms, und die Welt ihrer Kindheit, der Berge und der tickenden Uhren.

Ein Klopfen an der Tür riss sie aus ihren Gedanken.

»Johanna? Bist du wach?« Es war die Stimme ihrer Tante Maria.

»Ja, komm rein«, antwortete Johanna, während sie die Geige behutsam auf dem Bett ablegte.

Tante Maria trat ein, ein warmes Lächeln auf ihrem Gesicht. »Ich dachte, du könntest ein Frühstück gebrauchen. Und vielleicht... ein wenig Gesellschaft?« In ihren Händen balancierte sie ein Tablett mit dampfendem Kaffee, frischem Brot und Johannas Lieblingskäse aus ihrer Kindheit.

Johanna spürte, wie sich ein Knoten in ihrer Brust löste. »Das wäre wunderbar, danke.«

Sie setzten sich ans Fenster, von wo aus man einen atemberaubenden Blick über das Tal hatte. Während sie aßen, erzählte Tante Maria von den Veränderungen im Dorf, von Nachbarn, die gegangen und gekommen waren, von kleinen Skandalen und großen Freuden. Es war, als würde sie Johanna Stück für Stück zurück in das Gewebe der Dorfgemeinschaft einfügen.

»Und wie geht es Papa heute?«, fragte Johanna schließlich, ihre Stimme leise und vorsichtig.

Tante Maria seufzte leicht.

»Es ist ein guter Tag, denke ich. Er ist früh aufgestanden und arbeitet in der Werkstatt. Du weißt ja, wie er ist — die Arbeit gibt ihm Kraft.«

Johanna nickte. Sie kannte diese Seite ihres Vaters nur zu gut. Wie oft hatte sie als Kind in der Tür der Werkstatt gestanden und ihm zugesehen, wie er sich über komplizierte Uhrwerke beugte, seine

Hände ruhig und präzise, sein Gesicht eine Maske der Konzentration.

»Ich denke, ich werde nach dem Frühstück zu ihm gehen«, sagte sie, mehr zu sich selbst als zu ihrer Tante.

Maria legte sanft eine Hand auf Johannas Arm.

»Gib ihm Zeit, Liebes. Und dir selbst auch. Es ist viel passiert in den letzten Jahren.«

Johanna nickte dankbar. Sie wusste, dass ihre Tante Recht hatte. Die Kluft zwischen ihr und ihrem Vater war nicht über Nacht entstanden, und sie würde auch nicht in einem Tag überbrückt werden können.

Nach dem Frühstück machte sich Johanna auf den Weg durch das Dorf. Es war ein strahlender Frühlingsmorgen, die Luft erfüllt vom Gesang der Vögel und dem fernen Läuten von Kuhglocken. Sie ging langsam, ließ ihren Blick über die vertrauten Häuser und Gassen schweifen. Hier und da erkannte sie ein Gesicht, winkte einem alten Nachbarn zu, tauschte ein paar Worte mit der Bäckersfrau.

Doch mit jedem Schritt wurde ihr bewusster, wie sehr sie sich verändert hatte. Die Johanna, die vor Jahren das Dorf verlassen hatte, war ein anderer Mensch gewesen - voller Träume und Ungeduld, getrieben von dem Wunsch, der Enge des Tals zu entkommen. Nun kehrte sie zurück, gereift und mit einem Hauch von Melancholie, der ihr selbst neu war.

Ihre Schritte führten sie unweigerlich zum alten Dorfplatz. Dort, unter der mächtigen Linde, stand noch immer die Steinbank, auf der sie als Teenager so oft gesessen und von der großen, weiten Welt geträumt hatte. Johanna setzte sich, schloss für einen Moment die Augen und ließ die Erinnerungen über sich waschen.

Sie sah sich selbst, fünfzehn Jahre alt, die Geige unter dem Kinn, wie sie zum ersten Mal vor den Dorfbewohnern spielte. Die Mischung aus Freude und Unbehagen in den Augen ihres Vaters, als die Leute applaudierten. Das Flüstern der alten Frauen: »Sie ist wie ihre Mutter, diese Johanna. Zu groß für unser kleines Tal.«

Ein leises Lachen entfuhr ihr bei dieser Erinnerung. Wie sehr hatte sie sich damals danach gesehnt, »zu groß« für das Tal zu sein. Und nun? Nun saß sie hier, eine gefeierte Violinistin, die alles aufgegeben hatte, um zurückzukehren.

»Johanna? Johanna Dryander, bist du das wirklich?«

Sie öffnete die Augen und blickte in das erstaunte Gesicht von Thomas Weber, ihrem Jugendfreund.

Er stand vor ihr, ein breites Grinsen auf dem Gesicht, in den Händen eine Kiste mit Werkzeug.

»Thomas!«, rief sie aus und stand auf, um ihn zu umarmen. »Mein Gott, wie lange ist es her?«

Er lachte, ein tiefes, herzliches Lachen, das sie sofort in ihre Kindheit zurückversetzte.

»Zu lange, würde ich sagen. Was machst du hier? Ich dachte, du wärst in Berlin, eroberst die großen Konzertsäle?«

Johanna spürte, wie sich ihr Magen zusammenzog. Wie sollte sie erklären, was sie selbst kaum verstand?

»Ich... ich bin für eine Weile zurück. Mein Vater ist krank, und...«

Thomas' Gesicht wurde ernst.

»Ja, ich habe davon gehört. Es tut mir leid, Johanna. Wie geht es ihm?«

Sie zuckte mit den Schultern, dankbar für sein Mitgefühl.

»Es ist schwer zu sagen. Ich bin erst gestern angekommen.«

»Verstehe.« Er nickte langsam. »Nun, wenn du jemanden zum Reden brauchst oder einfach nur einen Spaziergang machen willst, um dem allen zu entkommen - du weißt, wo du mich findest.«

Johanna lächelte dankbar.

»Danke, Thomas. Das bedeutet mir viel.«

Als er weiterzog, blieb Johanna noch einen Moment stehen und sah ihm nach. Thomas war immer ihr Anker gewesen, der Freund, der sie verstand, auch wenn er ihre Leidenschaft für die Musik nie ganz nachvollziehen konnte. Es war tröstlich zu wissen, dass es Dinge gab, die sich nicht verändert hatten.

Mit einem tiefen Atemzug machte sie sich auf den Weg zur Werkstatt ihres Vaters. Das kleine Gebäude stand etwas abseits vom Haupthaus, ein Ort, der schon immer mehr Zuhause für Friedrich Dryander gewesen war als das eigentliche Wohnhaus.

Johanna zögerte einen Moment, bevor sie anklopfte. Durch die Scheiben konnte sie ihren Vater sehen, gebeugt über seine Werkbank, völlig versunken in seine Arbeit. Es war ein so vertrautes Bild, dass es ihr fast den Atem raubte.

Schließlich fasste sie sich ein Herz und klopfte leise an die Tür.

»Papa? Kann ich reinkommen?«

Friedrich blickte auf, seine Augen brauchten einen Moment, um sich auf sie zu fokussieren.

»Johanna«, sagte er schließlich, seine Stimme eine Mischung aus Überraschung und etwas, das sie nicht ganz deuten konnte. »Ja, komm rein.«

Sie trat ein, sofort umgeben vom vertrauten Geruch nach Öl und Metall. Die Werkstatt war ein

Labyrinth aus Uhren in allen Größen und Formen. Tischuhren, Wanduhren, sogar eine alte Standuhr in der Ecke. Alle tickten sie in ihrem eigenen Rhythmus, eine Kakophonie der Zeit.

»Wie geht es dir heute?« fragte sie vorsichtig, während sie näher trat.

Friedrich zuckte mit den Schultern, seine Aufmerksamkeit bereits wieder auf das filigrane Uhrwerk vor ihm gerichtet.

»Es geht. Die Arbeit hält mich aufrecht.«

Johanna nickte, unsicher, was sie sagen sollte. Ihr Blick fiel auf die Uhr, an der er arbeitete. Es war eine wunderschöne Taschenuhr, das Gehäuse kunstvoll verziert mit eingravierten Musiknoten.

»Die ist wunderschön«, sagte sie leise, fast ehrfürchtig.

Friedrich blickte auf, ein Glitzern in seinen Augen.

»Ja, nicht wahr? Ein Erbstück. Der Besitzer wollte sie restaurieren lassen.« Er hielt inne, schien zu zögern. »Die Gravur... sie erinnert mich an dich.«

Johanna spürte, wie ihr Herz einen Schlag aussetzte. Es war das Nächste an einem Kompliment, das sie seit Jahren von ihm gehört hatte.

»Darf ich?«, fragte sie und streckte vorsichtig die Hand aus.

Friedrich nickte und reichte ihr die Uhr. Johanna nahm sie behutsam, drehte sie in ihren Händen und betrachtete die feinen Linien der Noten. Es war der Anfang von Beethovens Frühlingssonate - das Stück, das sie als Kind so geliebt hatte.

»Erinnerst du dich?« fragte Friedrich leise. »Du hast es immer wieder gehört, bis die Schallplatte fast durchgescheuert war.«

Johanna lächelte, Tränen in den Augen. »Ja, ich erinnere mich. Es war das erste Stück, das ich wirklich spielen wollte.«

Für einen Moment schwiegen sie beide, versunken in Erinnerungen. Das Ticken der Uhren um sie herum schien lauter zu werden, als wolle es die Stille füllen.

Schließlich räusperte sich Friedrich. »Johanna, ich... ich bin froh, dass du hier bist. Aber du hättest nicht kommen müssen. Dein Leben, deine Karriere...«

»Papa« unterbrach sie ihn sanft. »Mein Leben, meine Karriere - das alles ist nicht wichtiger als du. Als unsere Familie.«

Friedrich sah sie lange an, sein Blick eine Mischung aus Sorge und etwas, das Johanna als Reue deutete. »Du bist erwachsen geworden«, sagte er schließlich. »Und eine bemerkenswerte Frau.«

Die Worte trafen Johanna wie eine warme Welle. Sie spürte, wie sich etwas in ihr löste, eine Spannung, von der sie nicht einmal gewusst hatte, dass sie sie trug.

»Danke, Papa« flüsterte sie.

Sie standen da, Vater und Tochter, umgeben von den tickenden Zeugen der Zeit. Und zum ersten Mal seit Jahren fühlte Johanna, dass die Kluft zwischen ihnen, diese scheinbar unüberwindbare Distanz, vielleicht doch nicht so groß war, wie sie gedacht hatte.

Als sie die Werkstatt später verließ, war die Sonne bereits hoch am Himmel. Johanna atmete tief die frische Bergluft ein und spürte, wie sich ein Lächeln auf ihre Lippen stahl. Es würde nicht einfach werden, das wusste sie. Aber hier, in diesem Moment, fühlte sie eine Zuversicht, die sie lange nicht mehr gespürt hatte.

Sie machte sich auf den Weg zurück zum Haus, ihre Schritte leichter als zuvor. In ihrem Kopf formte sich langsam eine Melodie - eine neue Komposition, inspiriert von den tickenden Uhren, den Bergen und der komplexen Beziehung zu ihrem Vater.

Zurück in ihrem Zimmer, ließ Johanna sich auf das Bett fallen und starrte an die Decke. Die Holzbalken über ihr erzählten Geschichten von

Generationen, die hier gelebt, geliebt und gelitten hatten. Sie fragte sich, wie viele Träume diese alten Mauern schon gesehen hatten - und wie viele davon in Erfüllung gegangen waren.

Ihr Blick fiel auf den alten Sekretär in der Ecke, ein Erbstück ihrer Großmutter. Als Kind hatte sie oft davor gesessen, hatte in den vielen Schubladen und Fächern nach Geheimnissen gesucht. Jetzt zog er sie wieder magisch an.

Mit einem leisen Knarren öffnete sie die Klappe. Der Geruch von altem Holz und vergilbtem Papier stieg ihr in die Nase. In den Fächern lagen noch immer alte Briefumschläge, verblasste Fotografien, kleine Andenken aus längst vergangenen Zeiten.

Johanna begann, die Schubladen zu durchsuchen, ohne genau zu wissen, wonach sie suchte. In der untersten fand sie schließlich einen Stapel Briefe, zusammengebunden mit einem verblassten blauen Band. Die Handschrift auf den Umschlägen ließ ihr Herz schneller schlagen - es war die ihrer Mutter.

Mit zitternden Händen löste sie das Band und nahm den obersten Brief heraus. Das Papier war dünn und brüchig geworden, die Tinte an manchen Stellen verblasst. Johanna begann zu lesen:

Mein geliebter Friedrich,

die Nacht ist still, nur das leise Ticken deiner Uhren begleitet meine Gedanken. Ich sitze hier am offenen Fenster, der Duft von Bergkräutern weht herein, und ich denke an dich, an uns, an die Zukunft, die vor uns liegt.

Weißt du noch, wie wir uns zum ersten Mal begegnet sind? Du, der ernste junge Uhrmacher, so versunken in deine Arbeit, dass du mich fast übersehen hättest. Und ich, die junge Musikerin, die eigentlich nur für einen Sommer in dieses Tal gekommen war und dann ihr Herz verlor - an dich und an diese Berge.

Manchmal frage ich mich, ob ich das Richtige getan habe, als ich beschloss zu bleiben. Die Musik ruft mich noch immer, Friedrich. Sie ist wie ein ferner Gesang, der mich lockt, der mir von einer Welt erzählt, die ich nie kennenlernen werde. Aber dann sehe ich dich, sehe unsere kleine Johanna, und ich weiß, dass mein Platz hier ist, bei euch.

Und doch... Ich träume davon, dass Johanna eines Tages die Flügel ausbreiten und fliegen wird. Dass sie die Welt sehen und die Musik leben wird, die in ihr schlummert. Versprich mir, Friedrich, dass du sie niemals zurückhalten wirst. Dass du sie gehen lässt, wenn die Zeit gekommen ist.

Ich liebe dich, mein Uhrmacher. Mit jedem Ticken deiner Uhren schlägt mein Herz für dich.

In ewiger Liebe
Deine Elisabeth

Johanna ließ den Brief sinken, Tränen rannen über ihre Wangen. Sie hatte ihre Mutter kaum gekannt - Elisabeth war gestorben, als Johanna gerade fünf Jahre alt war. Aber in diesen Zeilen spürte sie zum ersten Mal wirklich die Verbindung zu ihr, verstand den inneren Konflikt, den auch ihre Mutter durchlebt hatte.

Mit einem Mal wurde ihr klar, warum ihr Vater sie hatte gehen lassen, trotz all seiner Bedenken und Ängste. Er hatte ein Versprechen gehalten, ein Versprechen an die Frau, die er geliebt hatte.

Johanna las einen Brief nach dem anderen, tauchte ein in die Gedanken und Gefühle ihrer Mutter. Es war, als würde sich ein Puzzle zusammensetzen, als würden all die losen Enden ihrer Kindheitserinnerungen plötzlich einen Sinn ergeben.

In einem der späteren Briefe fand sie eine Passage, die sie innehalten ließ:

Ich habe heute Johanna beim Spielen zugeschaut. Sie ist erst vier, aber die Art, wie sie die

Melodien aufnimmt und wiedergibt, ist erstaunlich. Friedrich, ich glaube, sie hat ein besonderes Talent. Bitte, lass es nicht verkümmern. Ich weiß, du wünschst dir, dass sie in deine Fußstapfen tritt, aber ich spüre, dass ihre Bestimmung eine andere ist. Die Musik wird ihr den Weg weisen, so wie sie es einst für mich tat.

Johanna presste den Brief an ihre Brust und schloss die Augen. Sie spürte eine tiefe Verbundenheit zu ihrer Mutter, eine Verbundenheit, die über Zeit und Tod hinausging. Und sie verstand jetzt besser, warum die Musik für sie immer mehr gewesen war als nur ein Hobby oder ein Beruf - es war ein Erbe, ein Vermächtnis ihrer Mutter.

Mit einem tiefen Atemzug erhob sie sich und ging zum Fenster. Die Sonne stand tief am Himmel, tauchte das Tal in ein warmes, goldenes Licht. In der Ferne konnte sie die Silhouette der Berge sehen, majestätisch und unveränderlich.

Johanna spürte, wie sich in ihrem Inneren etwas veränderte. Die Zerrissenheit, die sie seit ihrer Ankunft empfunden hatte, begann sich aufzulösen. Stattdessen keimte ein neues Gefühl in ihr auf - eine Entschlossenheit, eine Klarheit über ihren Weg.

Sie wusste jetzt, dass sie nicht wählen musste zwischen ihrer Karriere und ihrer Familie, zwischen der Musik und ihren Wurzeln. Es ging darum, beides zu vereinen, eine Brücke zu schlagen zwischen den Welten.

Mit einem Lächeln griff Johanna nach ihrer Geige. Die Melodie, die sich in ihrem Kopf formte, war anders als alles, was sie bisher komponiert hatte. Es war eine Symphonie der Gegensätze - das Ticken der Uhren verschmolz mit dem Rauschen des Windes in den Bergen, die präzisen Rhythmen der klassischen Musik verwoben sich mit den freien, wilden Klängen der Natur.

Als sie zu spielen begann, war es, als würde sie zum ersten Mal wirklich ihre eigene Stimme finden. Die »Frühlingssonate«, wie sie das Stück später nennen würde, nahm Gestalt an - eine musikalische Brücke zwischen Vergangenheit und Zukunft.

Unten in der Werkstatt hielt Friedrich Dryander inne in seiner Arbeit. Die Klänge, die von oben zu ihm drangen, waren anders als alles, was er je von seiner Tochter gehört hatte. Es war, als könnte er in der Musik die Geschichte ihrer Familie hören - die Präzision seiner Uhren, die Leidenschaft seiner verstorbenen Frau, die Sehnsucht seiner Tochter.

Zum ersten Mal seit Jahren spürte er, wie sich ein Lächeln auf seine Lippen stahl. Vielleicht, dachte er, war es an der Zeit, die alten Uhren neu zu stellen. Vielleicht war es an der Zeit, einen neuen Rhythmus zu finden - einen Rhythmus, der Platz hatte für die Träume seiner Tochter und die Erinnerungen an seine Frau.

Oben in ihrem Zimmer spielte Johanna weiter, verloren in der Musik und doch so präsent wie nie zuvor. Sie wusste, dass der Weg vor ihr nicht einfach sein würde. Aber hier, in diesem Moment, umgeben von den Erinnerungen ihrer Kindheit und den Träumen ihrer Zukunft, fühlte sie sich zum ersten Mal seit langem wirklich zu Hause.

Die letzten Töne ihrer Komposition verklangen, und für einen Moment herrschte absolute Stille im Haus. Dann, ganz leise, hörte Johanna das vertraute Ticken der Uhren - ein stetiger Rhythmus, der sie daran erinnerte, dass jeder Moment kostbar war, jeder Augenblick eine Chance für einen Neuanfang.

Mit einem tiefen Atemzug legte Johanna ihre Geige beiseite. Sie wusste, dass dies erst der Anfang war - der Anfang einer Reise, die sie zurück zu sich selbst führen würde, zu ihrer Familie und zu einer Musik, die beide Welten in sich vereinte.

Draußen begann die Dämmerung hereinzubrechen, und die ersten Sterne erschienen am Himmel. Johanna trat ans Fenster und blickte hinaus in die Nacht. Die Zukunft lag vor ihr, ungewiss und doch voller Möglichkeiten. Und zum ersten Mal seit langer Zeit fühlte sie sich bereit, ihr mit offenen Armen zu begegnen.

SCHERZO

Der Morgen brach an wie ein zartes Aquarell, Pastelltöne von Rosa und Lavendel streiften den Himmel über den Alpen. Johanna stand am Fenster ihres Zimmers, die kühle Luft strich über ihr Gesicht wie eine sanfte Erinnerung an vergangene Tage. Das Dorf erwachte langsam, ein leises Summen von Leben, das sich wie ein feiner Nebel über das Tal legte.

Sie griff nach ihrer Geige, das vertraute Gewicht in ihren Händen ein Anker in der Unsicherheit, die sie seit ihrer Rückkehr begleitete. Die Melodie, die sie spielte, war anders als alles, was sie in Berlin geübt hatte. Es war keine präzise, technisch perfekte Interpretation eines Klassikers, sondern etwas Wildes, Ungezähmtes. Die Noten schienen direkt aus den Bergen zu kommen, aus dem Rauschen der Bäche und dem Flüstern des Windes in den Tannen.

Plötzlich mischte sich ein anderer Klang in ihre Musik. Zuerst dachte Johanna, es sei ein Echo, ein

Trick ihrer Sinne. Doch dann wurde es deutlicher - eine zweite Melodie, die sich mit ihrer verwebte, sie herausforderte, mit ihr tanzte. Sie hörte auf zu spielen und lauschte. Die fremde Musik kam von irgendwo aus dem Dorf, eine ferne Stimme, die nach ihr zu rufen schien.

Ohne nachzudenken, griff Johanna nach ihrem Mantel und eilte aus dem Haus. Die Morgenkälte biss in ihre Wangen, als sie durch die engen Gassen des Dorfes lief, geleitet von der geheimnisvollen Melodie. Die wenigen Dorfbewohner, die schon auf den Beinen waren, sahen ihr verwundert nach. Sie war wieder das Mädchen von früher, das durch die Straßen rannte, als gäbe es kein Morgen.

Die Musik führte sie an den Rand des Dorfes, wo die gepflasterten Wege in Trampelpfade übergingen und die ordentlichen Häuserreihen wildem Gebüsch wichen. Dort, halb verborgen hinter einer uralten Eiche, stand ein Haus, das Johanna noch nie zuvor gesehen hatte. Es schien aus einer anderen Zeit zu stammen, mit seinen schiefen Wänden und dem moosbedeckten Dach. Efeu rankte sich an den Mauern empor, als wolle die Natur das Gebäude zurückerobern.

Die Musik kam aus einem offenen Fenster im oberen Stock. Johanna zögerte einen Moment, dann klopfte sie an die verwitterte Holztür. Für einen

Augenblick herrschte Stille, dann erklangen schlurfende Schritte. Die Tür öffnete sich knarrend, und Johanna stand einer Frau gegenüber, die sie unwillkürlich an eine weise Eule erinnerte.

Eleonore Dufour - denn niemand anders konnte es sein - war eine kleine, drahtige Gestalt mit wildem grauem Haar, das ihr wie eine Löwenmähne um den Kopf stand. Ihre Augen, hellblau und durchdringend, musterten Johanna mit unverhohlener Neugier.

»Ah« sagte Eleonore mit einer Stimme, die klang, als hätte sie jahrelang geschwiegen. »Du musst Elisabeths Kind sein. Schön, dich endlich kennenzulernen.«

Johanna blinzelte überrascht. »Sie kennen mich?«

Ein Lächeln huschte über Eleonores faltiges Gesicht. »Ich kenne die Musik in dir. Komm herein, Kind. Es wird Zeit, dass wir uns unterhalten.«

Das Innere des Hauses war ein Labyrinth aus Büchern, Instrumenten und seltsamen Objekten, die Johanna nicht einordnen konnte. Überall standen Kerzen, deren flackerndes Licht tanzende Schatten an die Wände warf. Die Luft war schwer vom Duft getrockneter Kräuter und altem Papier.

Eleonore führte sie in einen kleinen Raum, der mehr einer Waldlichtung als einem Zimmer glich.

Pflanzen wuchsen in jeder Ecke, ihre Ranken streckten sich zur Decke, wo ein Oberlicht den Raum in weiches Tageslicht tauchte. In der Mitte stand ein alter Flügel, umgeben von einem Sammelsurium an Instrumenten - von klassischen Geigen bis hin zu exotisch aussehenden Trommeln und Flöten.

»Setz dich«, sagte Eleonore und deutete auf einen abgewetzten Sessel. Sie selbst ließ sich auf den Klavierhocker sinken. »Du fragst dich sicher, wer ich bin und woher ich dich kenne.«

Johanna nickte stumm, noch immer überwältigt von der Atmosphäre des Raumes und der Präsenz dieser merkwürdigen Frau.

»Ich war eine Freundin deiner Mutter«, fuhr Eleonore fort, ihre Finger glitten sanft über die Tasten des Flügels, ohne sie zu drücken. »Wir studierten zusammen Musik, bevor sie sich entschied, hier im Dorf zu bleiben. Ich ging hinaus in die Welt, spielte in den großen Konzerthallen von Wien, Paris, New York. Aber etwas fehlte immer. Vor ein paar Jahren kehrte ich zurück, um das zu finden, was ich verloren hatte.«

»Sie kannten meine Mutter?«, fragte Johanna, ihre Stimme kaum mehr als ein Flüstern. »Wie... wie war sie?«

Eleonore lächelte, ein wehmütiger Ausdruck huschte über ihr Gesicht. »Elisabeth war wie ein Frühlingswind. Unberechenbar, wild, voller Leben. Ihre Musik... sie konnte einen zum Weinen bringen, ohne dass man wusste warum. Sie hatte diese Gabe, direkt in die Seele zu spielen.«

»Aber sie gab alles auf, um hier zu bleiben« sagte Johanna leise, ein Hauch von Bitterkeit in ihrer Stimme.

Eleonore schüttelte den Kopf. »Nein, Kind. Sie fand hier etwas, das ihr wichtiger war als der Ruhm. Die Liebe zu deinem Vater, zu diesen Bergen. Sie komponierte weiter, weißt du? Nicht für die großen Bühnen, sondern für sich selbst, für die Natur.«

Sie begann zu spielen, eine melancholische Melodie, die Johanna an windgepeitschte Berggipfel und einsame Täler erinnerte. »Deine Mutter hatte etwas Besonderes in sich, weißt du? Eine Verbindung zur Musik, die über das Technische, das Erlernte hinausging. Ich sehe dasselbe in dir.«

Johanna spürte, wie ihr Tränen in die Augen stiegen. Sie hatte ihre Mutter kaum gekannt, und doch war es, als würde sie durch Eleonores Worte und Musik plötzlich greifbar.

»Erzählen Sie mir mehr«, bat Johanna. »Wie haben Sie und meine Mutter sich kennengelernt?«

Eleonore lachte leise. »Oh, das war eine stürmische Begegnung. Wir waren beide am Konservatorium in Wien. Ich, die ehrgeizige Stadtratte, und Elisabeth, das Naturkind aus den Bergen. Wir stritten bei unserem ersten Treffen so heftig über die Interpretation eines Beethoven-Stücks, dass der Professor uns aus dem Saal warf.«

Johanna musste trotz ihrer Tränen lächeln. »Und dann?«

»Dann« Eleonore zwinkerte, »Trafen wir uns heimlich nachts im Übungsraum und spielten stundenlang zusammen. Wir entdeckten, dass unsere Unterschiede uns stärker machten, nicht schwächer. Elisabeth brachte Wildheit in meine Präzision, ich gab ihrer Naturgewalt Form.«

»Spiel mit mir«, forderte Eleonore sie plötzlich auf. »Lass uns sehen, was in dir steckt.«

Zögernd hob Johanna ihre Geige. Sie begann mit einer klassischen Etüde, präzise und technisch perfekt. Doch Eleonore schüttelte den Kopf.

»Nein, nicht das, was man dir beigebracht hat. Spiel, was du fühlst. Was die Berge dir zuflüstern, was der Wind dir ins Ohr singt.«

Johanna schloss die Augen und ließ den Bogen über die Saiten gleiten. Die Melodie, die entstand, war wild und ungezähmt, ein Sturm aus Klängen, der von Sehnsucht und Heimweh erzählte, von der

Zerrissenheit zwischen zwei Welten. Eleonores Klavierspiel verwebte sich damit, führte sie, forderte sie heraus.

Es war, als würde etwas in Johanna aufbrechen. All die Gefühle, die sie seit ihrer Rückkehr unterdrückt hatte, strömten durch ihre Musik. Die Enttäuschung über das aufgegebene Stipendium, die Angst um ihren Vater, die Unsicherheit über ihre Zukunft - alles floss in die Melodie ein.

Als der letzte Ton verklang, öffnete Johanna die Augen. Eleonore betrachtete sie mit einem Lächeln, das gleichzeitig warm und herausfordernd war.

»Du spielst technisch einwandfrei, Kind. Aber du spielst wie eine Schülerin.«

Johanna runzelte die Stirn. »Was meinen Sie damit?«

Die alte Frau lehnte sich zurück und nahm eine Pfeife zwischen die Finger, die sie nicht anzündete, sondern gedankenverloren drehte. »Du bist präzise, geschult, makellos. Aber wo ist die Wildheit? Wo ist das Leben? Deine Mutter … sie spielte, als würde sie mit den Winden tanzen. Und du? Du spielst, als würdest du Noten zählen.«

Johanna fühlte einen Stich der Wut. »Ich spiele, wie ich es gelernt habe.«

»Dann hast du falsch gelernt.«

Die Worte trafen sie wie ein Schlag. »Und was soll ich tun?«

Eleonore erhob sich und trat ans Fenster. »Vergiss, was du gelernt hast. Spiel nochmal. Spiel nicht, was auf dem Blatt steht. Spiel, was du in deinem Herzen hörst.«

Johanna zögerte, ihre Finger schwebten über den Saiten, unsicher.

Dann, ganz leise, begann sie zu spielen.

Johanna fühlte sich erschöpft und gleichzeitig seltsam befreit. »Ich... ich wusste nicht, dass ich so spielen kann.«

Eleonore lachte, ein raues, herzliches Geräusch. »Natürlich wusstest du das nicht. Sie haben es dir ausgetrieben in deinen feinen Konservatorien. Aber hier, in diesen Bergen, kannst du es wiederfinden. Die Frage ist nur: Willst du es?«

»Ich weiß nicht« gestand Johanna. »Ich fühle mich so zerrissen. Zwischen dem, was ich in Berlin gelernt habe, und dem, was ich hier spüre. Es ist, als wären es zwei verschiedene Welten.«

Eleonore nickte zustimmend. »In gewisser Weise hast du recht. Doch die wahrhaft größten Künstler sind diejenigen, die es schaffen, diese Welten miteinander zu verbinden. Deine Mutter konnte das. Und ich glaube, du hast diese Fähigkeit auch.«

»Aber wie?«, fragte Johanna verzweifelt. »Ich fühle mich, als müsste ich mich entscheiden. Zwischen meiner Karriere und meiner Familie, zwischen der Musik, die ich gelernt habe, und der, die ich hier fühle.«

Eleonore stand auf und ging zu einem alten Schrank. Sie öffnete ihn und holte eine staubige Mappe heraus. »Hier« sagte sie und reichte sie Johanna. »das sind einige von Elisabeths Kompositionen. Sie hat sie nie veröffentlicht, aber sie sind wunderschön. Sieh sie dir an, spiel sie. Vielleicht findest du darin die Antwort, die du suchst.«

Johanna nahm die Mappe mit zitternden Fingern entgegen. Es war, als hielte sie einen Schatz in Händen, einen Teil ihrer Mutter, den sie nie gekannt hatte.

Die Worte hingen zwischen ihnen in der Luft, schwer von Bedeutung. Johanna spürte, dass dies mehr war als nur eine Frage nach ihrer Musik. Es war eine Frage nach ihrem Leben, nach dem Weg, den sie einschlagen wollte.

Bevor sie antworten konnte, unterbrach ein Klopfen an der Tür ihre Gedanken. Eleonore runzelte die Stirn. »Wer mag das sein? Ich bekomme selten Besuch, weißt du. Die Dorfbewohner meiden mich meist.«

Sie erhob sich mit überraschender Geschmeidigkeit und ging zur Tür. Johanna hörte gedämpfte Stimmen, dann kehrte Eleonore zurück, gefolgt von Thomas Weber.

»Johanna«, sagte er, Erleichterung und Vorwurf in seiner Stimme. »Hier bist du. Dein Vater sucht dich überall. Er macht sich Sorgen.«

Die Realität brach über Johanna herein wie eine kalte Welle. Sie hatte völlig die Zeit vergessen, versunken in die Musik und Eleonores Gegenwart.

»Es tut mir leid«, murmelte sie. »Ich wollte nicht...«

»Schon gut«, unterbrach Thomas sie sanft. »Aber du solltest nach Hause gehen. Die Leute im Dorf reden schon.«

Eleonore schnaubte verächtlich. »Lass sie reden. Was wissen sie schon von wahrer Kunst?«

Thomas warf ihr einen misstrauischen Blick zu. »Frau Dufour, mit Verlaub, aber Ihre... unkonventionellen Ansichten sind hier nicht sehr geschätzt.«

»Umso schlimmer für das Dorf«, erwiderte Eleonore ungerührt. Sie wandte sich an Johanna. »Komm wieder, Kind. Wir haben noch viel zu besprechen.«

Johanna nickte, hin- und hergerissen zwischen der Sorge um ihren Vater und dem Wunsch, mehr von Eleonore und ihrer Mutter zu erfahren. »Ich komme wieder«, versprach sie.

Der Weg zurück ins Dorf war von einer unangenehmen Stille geprägt. Thomas ging neben Johanna her, sein Gesicht eine Maske der Sorge.

»Du solltest vorsichtig sein«, sagte er schließlich. »Eleonore Dufour hat einen seltsamen Ruf im Dorf. Manche sagen, sie sei verrückt.«

Johanna schüttelte den Kopf. »Sie ist nicht verrückt. Sie ist... anders. Sie versteht etwas von Musik, wie ich nie zuvor erlebt habe.«

Thomas seufzte. »Mag sein. Aber denk an deinen Vater, Johanna. Er braucht dich jetzt. Und das Dorf... nun, du weißt, wie die Leute hier sind. Sie verstehen solche Exzentrik nicht.«

»Vielleicht ist es an der Zeit, dass sie es lernen« erwiderte Johanna mit einer Schärfe in der Stimme, die sie selbst überraschte.

Thomas blieb stehen und sah sie lange an. »Du hast dich verändert, Johanna. Berlin hat dich verändert.«

»Ist das so schlimm?«, fragte sie leise.

Er schüttelte den Kopf. »Nein, aber... ich frage mich nur, ob du noch hierher gehörst. Ob du noch die Johanna bist, die ich kannte.«

Seine Worte trafen sie härter, als sie erwartet hatte. »Ich weiß es selbst nicht, Thomas. Ich versuche nur, meinen Weg zu finden.«

Sie erreichten das Haus der Dryanders. Friedrich stand in der Tür, sein Gesicht eine Mischung aus Erleichterung und Missbilligung.

»Wo warst du?« fragte er, sobald Johanna in Hörweite war. »Ich habe mir Sorgen gemacht.«

»Es tut mir leid, Papa« sagte sie leise. »Ich war... spazieren. Ich habe die Zeit vergessen.«

Friedrich musterte sie prüfend, dann nickte er Thomas zu. »Danke, dass du sie nach Hause gebracht hast.«

Als Thomas gegangen war, trat Johanna ins Haus. Die vertraute Atmosphäre, das Ticken der Uhren, der Geruch von Holz und Metall - alles fühlte sich plötzlich beengend an nach der Freiheit, die sie in Eleonores Haus gespürt hatte.

»Johanna«, begann Friedrich zögernd. »Ich weiß, es ist nicht leicht für dich, wieder hier zu sein. Aber bitte, sei vorsichtig. Die Leute im Dorf... sie beobachten dich. Sie haben Erwartungen.«

Sie spürte, wie Wut in ihr aufstieg. »Erwartungen? Welche Erwartungen, Papa? Dass ich meine Träume aufgebe? Dass ich hier versauere wie...«

Sie brach ab, erschrocken über ihre eigenen Worte. Friedrich sah sie an, Schmerz in seinen Augen.

»Wie ich?« fragte er leise. »Ist es das, was du denkst? Dass ich hier versauert bin?«

Johanna schüttelte den Kopf, Tränen stiegen ihr in die Augen. »Nein, Papa, so meinte ich das nicht. Es ist nur... ich fühle mich hier so eingeengt. Als würde mir die Luft zum Atmen fehlen.«

Friedrich trat zu ihr, legte zögernd eine Hand auf ihre Schulter. »Ich verstehe das, Johanna. Mehr, als du vielleicht denkst. Aber du musst verstehen, dass dieses Dorf, diese Berge... sie sind ein Teil von uns. Sie haben uns geformt, deine Mutter, mich, und auch dich.«

»Aber ich bin mehr als nur das Dorf« flüsterte Johanna. »Ich habe eine Gabe, Papa. Eine Gabe, die ich nicht verleugnen kann.«

»Ich weiß« sagte Friedrich sanft. »Und ich will nicht, dass du sie verleugnest. Aber bitte, sei vorsichtig. Die Welt da draußen... sie kann grausam sein zu denen, die anders sind.«

»Und die Welt hier drinnen nicht?«, fragte Johanna bitter. »Du hast keine Ahnung, wie es sich anfühlt, Papa. Zwischen zwei Welten zu stehen, nirgendwo wirklich hinzugehören.«

Friedrich schwieg lange. Dann sagte er leise: »Doch, Johanna. Ich weiß genau, wie sich das anfühlt.«

Sie sah ihn überrascht an. »Was meinst du damit?«

Er seufzte tief. »Komm mit. Es wird Zeit, dass ich dir etwas zeige.«

Er führte sie in seine Werkstatt, zu einem alten Schrank, den Johanna nie hatte öffnen dürfen. Mit einem verrosteten Schlüssel öffnete er ihn jetzt. Darin lagen, sorgsam in Tücher gehüllt, wunderschöne, filigrane Uhren. Aber es waren keine gewöhnlichen Zeitmesser. Jede Uhr war ein Kunstwerk, mit eingearbeiteten Musikinstrumenten, beweglichen Figuren, komplexen Melodien, die beim Aufziehen erklangen.

»Das«, sagte Friedrich leise, »war mein Traum. Uhren, die nicht nur die Zeit messen, sondern sie zum Klingen bringen. Aber hier im Dorf... nun, du weißt ja, wie die Leute sind. Sie wollten ihre gewohnten Uhren, nichts Ausgefallenes. Und so legte ich meinen Traum beiseite, um die Tradition fortzuführen.«

Johanna starrte die Uhren an, überwältigt von ihrer Schönheit und der Erkenntnis, dass ihr Vater mehr war, als sie je geahnt hatte. »Papa, das ist... unglaublich. Warum hast du nie etwas gesagt?«

Friedrich lächelte traurig. »Weil ich dachte, es wäre besser, realistisch zu sein. Aber jetzt, wo ich dich sehe, deine Leidenschaft... Ich erkenne, dass ich einen Fehler gemacht habe. Ich hätte nie aufhören sollen zu träumen.«

Johanna umarmte ihren Vater fest. »Es ist nicht zu spät, Papa. Für keinen von uns.«

In dieser Nacht lag Johanna lange wach. Die Melodien, die sie mit Eleonore gespielt hatte, hallten in ihrem Kopf nach, vermischten sich mit den Klängen ihrer Kindheit und den anspruchsvollen Stücken, die sie in Berlin studiert hatte. Es war, als würde sich in ihr eine neue Art von Musik formen, etwas, das die Grenzen zwischen den Welten überwand.

Sie stand auf und trat ans Fenster. Der Mond hing voll und rund über den Bergen, tauchte das Tal in silbriges Licht. In der Ferne konnte sie das Haus von Eleonore Dufour sehen, ein dunkler Schatten am Waldrand. Es zog sie an wie ein Magnet, versprach eine Freiheit, die sie hier im Dorf nie gefunden hatte.

Doch als sie sich umdrehte und ihr Blick auf das alte Foto ihrer Eltern fiel, spürte sie auch die Verantwortung, die auf ihren Schultern lastete. Ihr Vater, krank und allein, brauchte sie. Das Dorf, so eng und beschränkt es auch sein mochte, war ein Teil von ihr.

Johanna seufzte und griff nach ihrer Geige. Leise, um niemanden zu wecken, begann sie zu spielen. Die Melodie, die entstand, war weder klassisch noch wild - sie war etwas Neues, eine Brücke zwischen den Welten. In dieser Musik hörte sie das Ticken der Uhren ihres Vaters, das Rauschen des Windes in den Bergen, die komplexen Harmonien der großen Komponisten und die rohe, ungezähmte Kraft, die Eleonore in ihr geweckt hatte.

Als der Morgen graute, legte Johanna die Geige beiseite. Sie hatte eine Entscheidung getroffen. Sie würde bleiben, würde ihrem Vater beistehen und gleichzeitig ihre Musik weiterentwickeln. Und sie würde zu Eleonore zurückkehren, würde von ihr lernen und mit ihr die Grenzen dessen erkunden, was Musik sein konnte.

Die kommenden Tage waren ein Balanceakt für Johanna. Tagsüber half sie ihrem Vater in der Werkstatt, lernte die Feinheiten der Uhrmacherkunst, die sie als Kind so fasziniert hatten. Sie spürte, wie sich eine neue Verbindung zwischen ihnen aufbaute, eine stille Verständigung, die über Worte hinausging.

»Weißt du« sagte Friedrich eines Tages, während sie gemeinsam an einer besonders komplizierten

Uhr arbeiteten, »deine Mutter sagte immer, dass Musik und Zeit eng miteinander verbunden sind. Beides misst den Fluss des Lebens, nur auf unterschiedliche Weise.«

Johanna lächelte. »Das klingt nach etwas, das Eleonore auch sagen würde.«

Friedrich hielt in seiner Arbeit inne. »Du magst sie, nicht wahr? Eleonore Dufour.«

»Ja« gab Johanna zu. »Sie... sie öffnet mir die Augen für eine andere Art von Musik. Eine, die ich immer in mir gespürt, aber nie wirklich verstanden habe.«

Ihr Vater nickte langsam. »Weißt du, Eleonore und deine Mutter... sie waren wie Feuer und Eis. So unterschiedlich und doch untrennbar verbunden. Ich war oft eifersüchtig auf ihre Beziehung.«

Johanna sah ihn überrascht an. »Du kanntest Eleonore?«

Friedrich lachte leise. »Oh ja. Sie war es, die deine Mutter und mich zusammenbrachte. Auf ihre ganz eigene, chaotische Art.«

Die Dorfbewohner beobachteten Johanna mit einer Mischung aus Neugier und Misstrauen. Manche fragten nach ihren Erlebnissen in Berlin, nach den großen Konzerthallen und berühmten Musikern. Andere tuschelten hinter vorgehaltener Hand über ihre Besuche bei der »verrückten Eleonore.«

Eines Tages, als Johanna vom Bäcker zurückkam, hörte sie, wie zwei ältere Frauen über sie sprachen.

»Es ist eine Schande«, sagte die eine. »Ein so talentiertes Mädchen, und nun vergeudet sie ihre Zeit mit dieser Hexe am Waldrand.«

»Still«, zischte die andere. »Sie kommt.«

Johanna ging mit erhobenem Kopf an ihnen vorbei, aber die Worte nagten an ihr. War es wirklich eine Verschwendung? Oder war es der Weg zu etwas Größerem, etwas, das dieses Dorf nie verstehen würde?

Denn Johanna kehrte immer wieder zu dem alten Haus am Waldrand zurück. Jede Sitzung mit Eleonore war eine Offenbarung. Die alte Frau lehrte sie, auf eine Weise zu hören und zu spielen, die all ihre bisherigen Erfahrungen in den Schatten stellte.

»Musik«, sagte Eleonore eines Tages, während sie gemeinsam an einer wilden Improvisation arbeiteten, »ist mehr als Noten auf Papier. Sie ist die Sprache der Seele, des Universums. Hör auf die Stille zwischen den Tönen, Johanna. Dort liegt die wahre Magie.«

»Aber wie kann ich das mit dem vereinbaren, was ich gelernt habe?«, fragte Johanna frustriert. »All die Technik, die Theorie...«

Eleonore lächelte verschmitzt. »Kind, die Technik ist wie das Alphabet. Du musst es kennen, um zu schreiben. Aber ein großer Dichter ist nicht der, der die Grammatik am besten beherrscht, sondern der, der mit Worten Welten erschafft. So ist es auch mit der Musik.«

Und Johanna hörte. Sie hörte das Flüstern des Windes in den Tannen, das Plätschern des Baches, das Zwitschern der Vögel. All diese Klänge flossen in ihre Musik ein, formten sich zu etwas Neuem, Einzigartigem.

Doch je mehr Zeit sie mit Eleonore verbrachte, desto größer wurde die Spannung im Dorf. Die Leute begannen, sie mit misstrauischen Blicken zu mustern. Selbst Thomas, ihr alter Freund, schien sich von ihr zu distanzieren.

»Du veränderst dich, Johanna«, sagte er eines Abends, als sie am Dorfbrunnen saßen. »Es ist, als würdest du dich von uns allen entfernen.«

Johanna schüttelte den Kopf. »Ich entferne mich nicht, Thomas. Ich finde zu mir selbst.«

Er sah sie lange an, Traurigkeit in seinen Augen. »Und wo ist dein Platz in diesem Selbstfindungsprozess? Hier im Dorf? Oder irgendwo da draußen in der großen, weiten Welt?«

»Muss ich mich denn entscheiden?«, fragte Johanna leise. »Kann ich nicht beides haben? Die Wurzeln hier und die Flügel, um zu fliegen?«

Thomas seufzte. »Ich weiß es nicht, Johanna. Ich weiß nur, dass ich Angst habe, dich zu verlieren.«

Sie nahm seine Hand, drückte sie sanft. »Du wirst mich nie verlieren, Thomas. Egal, wohin mich mein Weg führt.«

Die Krise kam an einem stürmischen Herbstabend. Johanna hatte den ganzen Tag mit Eleonore musiziert, hatte die Zeit völlig vergessen. Als sie endlich nach Hause kam, fand sie ihren Vater zusammengesunken in seinem Sessel, bleich und schwer atmend.

»Papa!«, rief sie erschrocken und eilte zu ihm. »Was ist passiert?«

Friedrich sah sie an, seine Augen trüb vor Schmerz. »Wo warst du, Johanna? Ich habe dich gebraucht.«

Die Worte trafen sie wie ein Schlag. Sie hatte ihn im Stich gelassen, hatte ihre Verantwortung vernachlässigt für ihre eigenen Träume.

In dieser Nacht wachte Johanna an seinem Bett, hielt seine Hand und lauschte seinem schweren Atem. Die Melodien in ihrem Kopf waren verstummt, ersetzt durch eine tiefe, nagende Schuld.

Am nächsten Morgen kam der Dorfarzt. Sein Gesicht war ernst, als er Johanna zur Seite nahm.

»Es steht nicht gut um Ihren Vater«, sagte er leise. »Die Krankheit schreitet schneller voran als erwartet. Er braucht jetzt alle Unterstützung, die er bekommen kann.«

Johanna nickte stumm. Sie wusste, was das bedeutete. Ihre Besuche bei Eleonore, ihre musikalischen Experimente - all das musste warten. Jetzt zählte nur noch ihr Vater.

Johanna saß mit Tante Maria auf der Bank vor dem Haus. Der Abend legte sich kühl über das Dorf, und in der Ferne hörte man das leise Läuten der Kirchenglocken. Es war einer dieser stillen Momente, in denen Worte leichter zu finden waren.

Tante Maria reichte Johanna eine dampfende Tasse Tee. »Du wirkst erschöpft, Kind« sagte sie mit ihrer ruhigen, warmen Stimme. »Du schläfst kaum, nicht wahr?«

Johanna schüttelte den Kopf und rieb sich über die müden Augen. »Ich kann nicht schlafen, Maria. Jedes Mal, wenn ich mich hinlege, höre ich Papas Atem, spüre die Verantwortung auf meinen Schultern. Ich kann ihn doch nicht allein lassen.«

Maria seufzte leise und nahm einen Schluck Tee. »Johanna, hör mir zu. Dein Vater braucht dich, ja. Aber er braucht dich nicht als seine Krankenschwester oder seine Wächterin. Er braucht dich als seine Tochter. Und das ist etwas ganz anderes.«

Johanna sah ihre Tante fragend an. »Aber wenn ich nicht für ihn da bin, wer dann?«

Maria lehnte sich zurück, ihr Blick verlor sich in der Ferne. »Glaubst du, du bist die Erste, die vor so einer Entscheidung steht? Ich war einmal in deiner Lage, weißt du? Vor vielen Jahren. Nur, dass ich nie eine Wahl hatte.«

Johanna runzelte die Stirn. »Was meinst du?«

Tante Maria legte ihre Hände in den Schoß und sprach weiter, ihr Ton sanft, aber fest. »Ich hätte Ärztin werden können. Damals, als ich noch jung war, hatte ich die Möglichkeit studieren zu gehen. Ich wollte helfen, Leben retten. Aber dann wurde deine Großmutter krank. Und es war keine Frage, wer bleiben musste. Ich tat, was nötig war. Ich pflegte sie bis zu ihrem letzten Atemzug, so wie es von mir erwartet wurde.«

Johanna schwieg. Sie hatte nie viel über Marias Vergangenheit gewusst, nur dass sie immer da gewesen war – als Tante, als Vertraute, als fester Bestandteil der Familie.

»Bereue ich es? Nein.« Maria lächelte sanft. »Ich habe das Beste daraus gemacht, mein Leben dem Dorf gewidmet, Menschen geholfen, auf meine Art. Aber, Johanna… du bist nicht ich. Du bist nicht gezwungen, deinen Traum aufzugeben. Dein Vater will nicht, dass du dich selbst für ihn vergisst.«

Johanna senkte den Blick. »Aber was, wenn ich gehe und es dann zu spät ist? Was, wenn er mich braucht, und ich bin nicht da?«

Maria legte eine Hand auf ihre. »Leben bedeutet Abschied, Kind. Manchmal sind wir da, manchmal nicht. Aber du darfst nicht nur in Angst leben, etwas zu verpassen. Dein Vater hat sein Leben gelebt, er hat seine Entscheidungen getroffen. Jetzt ist es Zeit, dass du deine triffst.«

Johanna atmete tief durch. Die Worte ihrer Tante drangen tief in ihr Innerstes vor. Vielleicht war es wirklich nicht ihre Aufgabe, sich zwischen Musik und Familie zu zerreißen. Vielleicht gab es einen Mittelweg.

»Danke, Maria«, sagte sie leise. »Du hast keine Ahnung, wie sehr ich das gebraucht habe.«

Die ältere Frau lächelte. »Oh, ich glaube, ich habe eine ziemlich gute Ahnung.« Sie nahm einen letzten Schluck Tee und zwinkerte. »Und jetzt geh rein, spiel deinem Vater etwas vor. Er liebt es mehr, als er jemals zugeben wird.«

Johanna lächelte. Zum ersten Mal seit Tagen fühlte sie sich etwas leichter. Sie stand auf, drückte Marias Hand und ging ins Haus.

Die folgenden Wochen waren ein Wechselbad der Gefühle. Johanna pflegte ihren Vater, versuchte, ihm jede Erleichterung zu verschaffen, die sie konnte. Gleichzeitig spürte sie, wie die Musik in ihr rebellierte, wie sie danach drängte, gehört zu werden.

Nachts, wenn Friedrich endlich eingeschlafen war, schlich sie sich manchmal in die Werkstatt. Dort, umgeben von tickenden Uhren, spielte sie leise auf ihrer Geige. Die Melodien, die entstanden, waren anders als alles, was sie je komponiert hatte. Es war, als würde sie die Geschichte ihres Vaters in Musik übersetzen - seine Stärke, seine Hingabe, aber auch seine Ängste und Sorgen.

Eines Abends, als sie gerade eine besonders bewegende Passage spielte, hörte sie ein Geräusch hinter sich. Friedrich stand in der Tür, gestützt auf seinen Stock, das Gesicht von Emotionen gezeichnet.

»Das ist wunderschön, Johanna«, sagte er leise. »Es erinnert mich an deine Mutter.«

Tränen stiegen Johanna in die Augen. »Es ist für dich, Papa. Für alles, was du mir gegeben hast.«

Friedrich trat näher, seine Hand zitterte leicht, als er sie auf Johannas Schulter legte. »Ich habe einen Fehler gemacht« sagte er. »ich wollte dich beschützen, dich hier festhalten. Aber deine Musik... sie gehört der Welt.«

Johanna schüttelte den Kopf. »Nein, Papa. Meine Musik gehört hierher. Zu dir, zu den Bergen, zu allem, was mich geprägt hat.«

»Vielleicht« sagte Friedrich nachdenklich. »Aber sie muss wachsen, sich entwickeln. So wie du.«

In diesem Moment verstand Johanna, dass ihr Vater sie freigab. Nicht um sie zu verlieren, sondern um sie wirklich zu gewinnen.

Die nächsten Tage brachten eine Veränderung. Friedrich schien neue Kraft zu schöpfen. Er bestand darauf, dass Johanna wieder zu Eleonore ging, dass sie ihre Musik weiterentwickelte.

»Ich möchte dich spielen hören«, sagte er. »Richtig spielen, mit all der Wildheit und Schönheit, die in dir steckt.«

Und Johanna spielte. Sie spielte für ihren Vater, für Eleonore, für das Dorf. Ihre Musik wurde zu einer Verbindung zwischen den Welten - der Präzision der Uhrmacherkunst, der Wildheit der Berge und der Komplexität der klassischen Kompositionen.

Langsam begannen auch die Dorfbewohner, ihre Musik anders wahrzunehmen. Was zunächst fremd und bedrohlich gewirkt hatte, wurde zu etwas

Besonderem, etwas, das ihr Dorf von anderen unterschied.

An einem klaren Herbsttag organisierte Johanna ein kleines Konzert auf dem Dorfplatz. Sie spielte ihre neue Komposition, die »Bergsonate«, wie sie sie nannte. Es war ein Stück, das die Geschichte des Dorfes erzählte, von den harten Wintern und fruchtbaren Sommern, von der Beständigkeit der Berge und der Vergänglichkeit des menschlichen Lebens.

Als der letzte Ton verklang, herrschte für einen Moment absolute Stille. Dann brach tosender Applaus aus. Johanna sah zu ihrem Vater, der in der ersten Reihe saß, Tränen in den Augen und ein Lächeln auf den Lippen.

In diesem Moment wusste sie, dass sie ihren Platz gefunden hatte. Nicht in Berlin, nicht ausschließlich hier im Dorf, sondern irgendwo dazwischen. Ihre Musik würde eine Botschafterin sein, würde die Geschichten ihrer Heimat in die Welt hinaustragen und gleichzeitig die Welt zu ihnen bringen.

Als sie an diesem Abend mit ihrem Vater am Fenster saß und den Sonnenuntergang beobachtete, spürte Johanna eine tiefe Ruhe in sich. Die Zerrissenheit, die sie so lange begleitet hatte, war einer neuen Harmonie gewichen.

»Weißt du« sagte Friedrich leise, »deine Mutter hat immer gesagt, dass du deinen eigenen Weg finden würdest.«

Johanna lächelte und drückte sanft seine Hand. »Ich habe ihn gefunden, Papa. Dank dir, dank Eleonore, dank allem, was dieses Dorf mir gegeben hat.«

Sie blickten gemeinsam hinaus auf die Berge, die sich dunkel gegen den Abendhimmel abzeichneten. In der Ferne erklang das Läuten einer Kuhglocke, ein vertrauter Klang, der nun Teil ihrer Musik geworden war.

»Spiel noch einmal für mich« bat Friedrich. »Die Melodie von heute Morgen.«

Johanna nickte und griff nach ihrer Geige. Als sie zu spielen begann, war es, als würde die Musik das ganze Tal erfüllen, eine Symphonie aus Vergangenheit und Zukunft.

Und irgendwo in den Bergen, in ihrem kleinen Haus am Waldrand, lächelte Eleonore Dufour und wusste, dass die Musik, von der sie immer geträumt hatte, endlich ihren Weg in die Welt finden würde.

Mit den letzten Tönen ihrer Melodie endete nicht nur das Konzert, sondern auch ein Kapitel in Johannas Leben. Sie hatte gelernt, dass wahre Kunst nicht in der Perfektion liegt, sondern in der Authentizität. Dass die größten Symphonien oft aus den kleinsten

Momenten entstehen, aus dem Ticken einer Uhr, dem Rauschen des Windes, dem Herzschlag eines geliebten Menschen.

Als sie die Geige senkte, wusste Johanna, dass ihr Weg sie noch weit führen würde. Aber egal, wohin sie ging, ein Teil von ihr würde immer hier bleiben, in diesem Tal, zwischen den Bergen, wo die Musik der Seele ihren Ursprung hatte.

RONDO

Der Herbst zog ins Tal wie ein alter Bekannter, der sich nach langer Abwesenheit wieder einfindet. Die Berghänge leuchteten in warmen Goldtönen, und der Himmel spannte sich in einem tiefen, klaren Blau über die Landschaft. Johanna stand am Fenster ihres Zimmers und beobachtete, wie die ersten Blätter von den Bäumen segelten, ein stiller Tanz im Morgenlicht.

Das Ticken der Uhren aus der Werkstatt ihres Vaters drang gedämpft zu ihr herauf, ein stetiger Rhythmus, der sie an die verstreichende Zeit erinnerte. Seit Wochen pendelte sie nun zwischen zwei Welten: der vertrauten Enge des Dorflebens und der grenzenlosen Freiheit, die sie in Eleonores Musik fand.

Mit einem leisen Seufzen wandte sie sich vom Fenster ab. Der Tag wartete, gefüllt mit Pflichten und Erwartungen, die wie schwere Gewichte an ihren Schultern hingen. Sie griff nach ihrer Geige, strich sanft über das glatte Holz. Für einen Moment war sie versucht, den Bogen anzusetzen, die wilden Melodien zu spielen, die in ihrem Kopf tanzten. Doch die Stimme ihres Vaters, die von unten nach ihr rief, brachte sie in die Realität zurück.

»Johanna! Die Uhr für Frau Huber ist fertig. Kannst du sie ihr bringen?«

Sie legte die Geige behutsam zurück in ihren Kasten. »Komme schon, Papa!«

Der Weg zu Frau Hubers Haus führte Johanna durch das Herz des Dorfes. Jeder Schritt auf dem kopfsteingepflasterten Weg war wie eine Reise in die Vergangenheit. Hier der alte Brunnen, an dem sie als Kind gespielt hatte. Dort die Linde, unter der sie ihren ersten Kuss bekommen hatte. Erinnerungen, die wie verblasste Fotografien an den Rändern ihres Bewusstseins flackerten.

Die Dorfbewohner grüßten sie mit einer Mischung aus Neugier und Zurückhaltung. In ihren Augen las Johanna die unausgesprochenen Fragen: Würde sie bleiben? War sie noch eine von ihnen?

Vor Frau Hubers Haus blieb Johanna stehen, atmete tief durch. Die alte Dame war eine Institution im Dorf, bekannt für ihre scharfe Zunge und ihr noch schärferes Gehör für Klatsch und Tratsch.

»Ah, die kleine Johanna« begrüßte Frau Huber sie, kaum dass sie die Tür geöffnet hatte. Ihre wässrigen Augen musterten Johanna von oben bis unten. »Oder sollte ich sagen, die große Künstlerin aus der Stadt?«

Johanna zwang sich zu einem Lächeln. »Guten Morgen, Frau Huber. Papa schickt Ihnen die reparierte Uhr.«

»Dein Vater, ja.« Frau Huber nahm sie entgegen, ihr Blick wurde weicher. »Ein guter Mann, dein Vater. Hat dich ganz allein großgezogen, nachdem deine Mutter... nun ja.« Sie machte eine vage Handbewegung. »Komm rein, Kind. Ich habe gerade Kaffee gekocht.«

Bevor Johanna ablehnen konnte, hatte Frau Huber sie schon in die kleine Küche bugsiert. Der Geruch von starkem Kaffee und frisch gebackenem Kuchen hing in der Luft.

»Setz dich, setz dich«, drängte Frau Huber und schob Johanna auf einen Stuhl. »Du bist ja nur noch Haut und Knochen. In der Stadt gibt's wohl nichts Anständiges zu essen, was?«

Johanna unterdrückte ein Seufzen. »Das Essen in Berlin war wunderbar, Frau Huber. Aber nichts geht über Ihre Apfeltorte.«

Die Schmeichelei verfehlte ihre Wirkung nicht. Frau Huber strahlte und schnitt ein großzügiges Stück Kuchen ab. »Nun erzähl mal, Kind. Wie war das so, in der großen Stadt? All die feinen Leute, die Konzerte...«

Und so begann Johanna zu erzählen. Von den glitzernden Konzertsälen, den strengen Professoren, den endlosen Übungsstunden. Mit jedem Wort spürte sie, wie die Sehnsucht in ihr wuchs, eine schmerzhafte Erinnerung an die Träume, die sie zurückgelassen hatte.

Frau Huber hörte aufmerksam zu, nickte hier und da. Doch als Johanna von den experimentellen Stücken sprach, die sie in Berlin kennengelernt hatte, von der Freiheit, neue Klänge zu erforschen, runzelte die alte Dame die Stirn.

»Aber Kind«, unterbrach sie Johanna sanft, »Du wirst doch hier bleiben, oder? Dein Vater braucht dich. Und wer soll denn die Dorfkapelle leiten, wenn der alte Müller in Rente geht?«

Die Worte trafen Johanna wie ein Schlag. Die Dorfkapelle. Natürlich. Es war eine Sitte, dass die musikalisch Begabtesten des Dorfes die Leitung übernahmen. Ihr Vater hatte oft davon gesprochen, wie erfreut er wäre, wenn sie eines Tages diese Rolle übernehmen würde.

»Ich... ich weiß noch nicht, Frau Huber« sagte Johanna leise. »Es gibt noch so viel, was ich lernen möchte.«

Frau Huber tätschelte ihre Hand. »Ach Kind, was gibt es denn da noch zu lernen? Du spielst doch schon so wunderbar. Weißt du noch, bei der Christmette vor zwei Jahren? Deine Geige klang wie ein Engelschor.«

Johanna nickte mechanisch, doch in ihrem Inneren tobte ein Sturm. Die Christmette. Klassische Stücke, perfekt einstudiert und vorgetragen. Aber war das alles? War das die Grenze dessen, was ihre Musik sein konnte?

Als sie Frau Hubers Haus verließ, fühlte Johanna sich erschöpft, als hätte sie stundenlang geübt. Die Erwartungen des Dorfes lasteten schwer auf ihr, ein unsichtbares Gewicht, das ihre Schritte verlangsamte.

Auf dem Rückweg kam sie am alten Schulgebäude vorbei. Aus dem offenen Fenster des Musikraums drangen die schiefen Töne von Kindern, die versuchten, »Alle meine Entchen« auf der Blockflöte zu spielen. Johanna blieb stehen, lauschte. In den unbeholfenen Klängen lag eine Reinheit, eine Unschuld, die sie berührte. Hier wurde Musik nicht um der Perfektion willen gemacht, sondern aus reiner Freude am Klang.

Eine Idee begann in ihr zu keimen. Was, wenn sie den Kindern beibringen könnte, Musik anders zu hören? Nicht nur als Noten auf einem Blatt, sondern als lebendigen Ausdruck ihrer Gefühle?

Mit neuem Elan kehrte sie nach Hause zurück. In der Werkstatt fand sie ihren Vater, gebeugt über eine besonders komplizierte Taschenuhr.

»Papa?«, fragte sie zögernd. »Denkst du, ich könnte vielleicht in der Schule aushelfen? Beim Musikunterricht?«

Friedrich sah auf, Überraschung und Freude in seinen Augen. »Das wäre wunderbar, Johanna. Die Kinder würden so viel von dir lernen können.«

Ermutigt durch seine Reaktion, sprudelte es aus Johanna heraus: »Ich habe da eine Idee. Was, wenn wir den Unterricht anders gestalten würden? Nicht nur klassische Stücke, sondern auch Improvisation, vielleicht sogar ein bisschen Komposition?«

Friedrich runzelte die Stirn. »Improvisation? Für Kinder? Ich weiß nicht, Johanna. Die Eltern erwarten, dass ihre Kinder die Grundlagen lernen.«

»Aber Papa, Musik ist so viel mehr als nur Grundlagen! Es geht darum, Gefühle auszudrücken, Geschichten zu erzählen. Wenn wir den Kindern beibringen, wie sie ihre eigenen musikalischen Stimmen finden können...«

Sie brach ab, als sie den skeptischen Ausdruck in den Augen ihres Vaters sah. Friedrich seufzte und legte sein Werkzeug beiseite.

»Johanna, ich verstehe deinen Enthusiasmus. Aber du musst verstehen, dass die Dinge hier... nun, sie haben ihre Ordnung. Die Leute hier schätzen Tradition, Beständigkeit.«

»Aber Tradition kann sich doch weiterentwickeln, oder nicht?«, argumentierte Johanna. »Schau dir deine Uhren an, Papa. Jede ist ein Kunstwerk, eine Verschmelzung von alter Handwerkskunst und moderner Technik.«

Friedrich schwieg lange, sein Blick wanderte zu den tickenden Uhren an den Wänden. Schließlich nickte er langsam. »Vielleicht hast du Recht. Sprich mit Herrn Bauer, dem Schulleiter. Aber sei vorsichtig, Johanna. Nicht jeder hier ist so offen für Veränderungen.«

Mit klopfendem Herzen machte sich Johanna auf den Weg zur Schule. Der Gedanke, ihre Ideen mit den Kindern zu teilen, erfüllte sie mit einer Aufregung, die sie seit ihrer Rückkehr ins Dorf nicht mehr gespürt hatte.

Herr Bauer, ein hagerer Mann mit Nickelbrille und einem permanent besorgten Gesichtsausdruck, hörte ihr aufmerksam zu. Doch als Johanna geendet hatte, schüttelte er bedauernd den Kopf.

»Frau Dryander, Ihre Ideen sind... interessant. Aber verstehen Sie, wir haben einen Lehrplan zu erfüllen. Die Eltern erwarten, dass ihre Kinder die Grundlagen der klassischen Musik erlernen.«

»Aber genau das würden sie doch!«, protestierte Johanna. »Nur auf eine lebendigere, kreativere Art. Stellen Sie sich vor, wie die Kinder aufblühen würden, wenn sie ihre eigenen Melodien erschaffen könnten!«

Herr Bauer seufzte. »Ich kann verstehen, dass Sie nach Ihren Erfahrungen in Berlin... nun, neue Ansätze ausprobieren möchten. Aber hier im Dorf, Frau Dryander, schätzen wir Bewährtes. Vielleicht könnten Sie stattdessen einen Chor leiten? Wir suchen noch jemanden für die Weihnachtsaufführung.«

Enttäuscht, aber nicht entmutigt, verließ Johanna das Schulgebäude. Die Ablehnung ihrer Ideen schmerzte, doch gleichzeitig spürte sie, wie sich in ihr eine Entschlossenheit formte. Wenn sie die Erwachsenen nicht überzeugen konnte, vielleicht würden die Kinder selbst ihr eine Chance geben?

In den folgenden Tagen begann Johanna, nach der Schule kleine, inoffizielle Musikstunden im Garten hinter ihrem Haus anzubieten. Anfangs kamen nur wenige Kinder, neugierig und ein wenig schüchtern. Doch Johannas Begeisterung war ansteckend.

Sie brachte ihnen bei, wie man Rhythmen in alltäglichen Geräuschen finden konnte - im Tropfen des Wasserhahns, im Knarren einer Tür, im Rascheln der Blätter. Sie ermutigte die Kinder, ihre eigenen kurzen Melodien zu erfinden, basierend auf ihren Gefühlen oder Erlebnissen des Tages.

»Musik ist überall um uns herum« erklärte sie ihnen. »Wir müssen nur lernen, sie zu hören und ihr unsere eigene Stimme zu geben.«

Langsam, aber stetig wuchs die Gruppe. Die Kinder kamen mit strahlenden Augen und aufgeregten Stimmen, erzählten von den »Liedern« die sie in Pfützen, Windböen und dem Summen von Bienen entdeckt hatten.

Doch nicht alle im Dorf sahen Johannas Aktivitäten mit Wohlwollen. Eines Abends, als sie gerade dabei war, mit den Kindern eine »Dorfsymphonie« aus Alltagsgeräuschen zu komponieren, tauchte Frau Huber am Gartenzaun auf, gefolgt von einigen anderen Dorfbewohnern.

»Was treibt ihr da?« rief sie, ihre Stimme eine Mischung aus Neugier und Missbilligung. »Das klingt ja wie Katzenjammer!«

Die Kinder, die gerade begeistert auf Töpfe und Pfannen geschlagen hatten, verstummten erschrocken. Johanna spürte, wie Hitze in ihre Wangen stieg, halb Verlegenheit, halb Trotz.

»Wir machen Musik, Frau Huber« erklärte sie, bemüht ruhig zu bleiben. »Wir erforschen, wie wir Klänge aus unserer Umgebung in Melodien verwandeln können.«

»Melodien?«, schnaubte Herr Müller, der Leiter der Dorfkapelle. »Das nennst du Melodien? Wo sind die schönen alten Lieder, die wir alle kennen und lieben?«

Johanna atmete tief durch. Sie spürte die Blicke der Kinder auf sich, verunsichert und abwartend. In diesem Moment wurde ihr klar, dass es hier um mehr ging als nur um Musik. Es ging darum, ob das Dorf bereit war, neue Ideen zuzulassen, ob es Platz gab für Veränderung und Wachstum.

»Warum hören Sie nicht einfach zu?«, schlug sie vor. »Geben Sie uns eine Chance, Ihnen zu zeigen, was wir erschaffen haben.«

Die Dorfbewohner tauschten skeptische Blicke aus, aber schließlich nickten sie zögernd. Johanna wandte sich an die Kinder, die noch immer wie erstarrt dastanden.

»Erinnert ihr euch an das, was wir besprochen haben?«, fragte sie leise. »Über das Herz des Dorfes? Lasst es uns ihnen zeigen.«

Die Kinder nickten, langsam kehrte das Leuchten in ihre Augen zurück. Und dann, auf ein sanftes Zeichen von Johanna, begannen sie zu spielen.

Es begann mit dem leisen Ticken einer Taschenuhr, die eines der Mädchen mitgebracht hatte - ein Rhythmus, so vertraut wie der Herzschlag des Dorfes. Dann setzte das Klappern von Holzlöffeln ein, das an das Geräusch der Werkzeuge in den Werkstätten erinnerte. Ein Junge blies über den Rand einer Flasche und erzeugte einen Ton, der dem Wind in den Berghängen glich.

Nach und nach fügten sich mehr Klänge hinzu - das Rascheln von Papier wie Blätter im Herbstwind, das Plätschern von Wasser in einer Schüssel, das an den Dorfbrunnen erinnerte. Johanna führte die Kinder sanft, ihre Geige verwebte all diese Geräusche zu einer Melodie, die gleichzeitig fremd und vertraut klang.

Es war keine perfekte Symphonie, keine klassische Komposition. Aber in diesen Klängen lag die Seele des Dorfes, seine Geschichte, sein tägliches Leben. Johanna sah, wie sich die Gesichter der Zuschauer veränderten - von Skepsis zu Überraschung, von Verwirrung zu einem zögernden Verstehen.

Als der letzte Ton verklungen war, herrschte für einen Moment absolute Stille. Dann, zu Johannas Überraschung, begann Frau Huber zu klatschen. Langsam, zögernd zuerst, dann mit wachsender Begeisterung stimmten die anderen ein.

»Das war... interessant« sagte Herr Müller schließlich, ein widerwilliges Lächeln auf seinen Lippen. »Ich hätte nie gedacht, dass unser altes Dorf so... lebendig klingen kann.«

Die Kinder strahlten, und Johanna spürte, wie sich etwas in ihr löste. Es war ein kleiner Sieg, aber ein bedeutsamer. Sie hatte eine Brücke geschlagen zwischen ihrer Welt der Musik und der Welt des Dorfes.

In den folgenden Wochen begannen sich die Dinge zu verändern. Die Dorfbewohner, anfangs noch skeptisch, wurden neugierig. Immer öfter blieben sie stehen, um den Klängen aus Johannas Garten zu lauschen. Einige brachten sogar ihre eigenen Ideen ein - der Schmied schlug vor, die Klänge seiner Werkstatt in eine Komposition einzubauen, die Bäckerin wollte das Kneten des Teigs musikalisch darstellen.

Johanna blühte in dieser neuen Rolle auf. Sie war nicht mehr nur die zurückgekehrte Tochter, die Musikerin aus der großen Stadt. Vielmehr wurde sie zu einer Vermittlerin, die die Überlieferungen des Dorfes mit frischen Ideen vereinte. Doch je mehr sie sich in diese Arbeit vertiefte, desto stärker wurde das Gefühl, dass etwas fehlte. Die Melodien, die sie mit den Kindern schuf, waren wunderbar und lebendig, aber sie spürte, dass da noch mehr war, tiefer in ihr verborgen.

Eines Abends, lange nachdem die letzten Kinder nach Hause gegangen waren, saß Johanna allein im Garten. Die Dämmerung senkte sich über das Tal, und in der Ferne leuchteten die ersten Sterne am Himmel. Sie nahm ihre Geige zur Hand, schloss die Augen und begann zu spielen.

Die Melodie, die aus ihrem Instrument floss, war anders als alles, was sie je gespielt hatte. Es war, als würde sie zum ersten Mal wirklich ihre eigene Stimme hören. In den Noten lag die Wehmut des Abschieds von Berlin, die Wärme der Wiederkehr, die Spannung zwischen Tradition und Erneuerung. Sie hörte das Ticken der Uhren ihres Vaters, das Lachen der Kinder, das Rauschen des Windes in den Bergen.

Als sie die Augen wieder öffnete, sah sie ihren Vater am Fenster stehen. Sein Gesicht war ein Spiegel von Emotionen - Glück, Trauer, Liebe und eine tiefe Erkenntnis.

»Das war wunderschön, Johanna«, sagte er leise, als er zu ihr in den Garten trat. »Es klang wie... wie das Dorf, aber auch wie du. Wie alles, was du bist und sein könntest.«

Johanna spürte, wie ihr Tränen in die Augen stiegen. »Ich weiß nicht, was es ist, Papa. Es ist, als hätte ich all die Jahre etwas gesucht, ohne zu wissen, was. Und jetzt...«

Friedrich setzte sich neben sie auf die Bank. »Jetzt hast du es gefunden«, vollendete er ihren Satz. »Weißt du, deine Mutter sagte immer, dass wahre Kunst dort entsteht, wo Herkunft und Zukunft sich begegnen. Ich glaube, das ist es, was du gerade erschaffst.«

Sie saßen lange schweigend nebeneinander, lauschten den Nachtgeräuschen des Dorfes. Schließlich sagte Friedrich: »Johanna, ich muss dir etwas gestehen. Ich war... ich bin oft eifersüchtig gewesen. Auf dein Talent, auf die Möglichkeiten, die sich dir bieten. Ich hatte Angst, dich zu verlieren, so wie ich deine Mutter verloren habe.«

Johanna griff nach der Hand ihres Vaters, drückte sie sanft. »Du wirst mich nie verlieren, Papa. Egal wohin mich die Musik führt, ein Teil von mir wird immer hierher gehören.«

Friedrich nickte langsam. »Ich weiß das jetzt. Und ich möchte, dass du weißt: Was auch immer du tust, wohin du auch gehst – ich bin immer für dich da, wenn du mich brauchst.«

In dieser Nacht, als Johanna in ihrem Bett lag, fühlte sie, wie sich etwas in ihr veränderte. Die Zerrissenheit, die sie so lange begleitet hatte, begann sich aufzulösen. An ihre Stelle trat eine neue Klarheit, ein Gefühl von Richtung und Zweck.

Sie griff nach ihrem Notizbuch und begann zu schreiben. Noten flossen aus ihrer Feder, formten sich zu einer Melodie, die gleichzeitig vertraut und neu war. Es war der Beginn einer Komposition, die alles in sich vereinte - ihre Ausbildung in Berlin, die wilden Improvisationen mit Eleonore, die Klänge des Dorfes und die tiefen Gefühle, die sie mit ihrer Heimat verbanden.

»Sinfonie der Heimkehr« schrieb sie über die erste Seite. Es würde ihr größtes Werk werden, eine musikalische Reise, die von Aufbruch und Rückkehr erzählte, von der Suche nach sich selbst und dem Finden des eigenen Platzes in der Welt.

Die folgenden Tage waren erfüllt von einer fieberhaften Kreativität. Johanna arbeitete unermüdlich an ihrer Komposition, oft bis spät in die Nacht. Die Melodien schienen direkt aus ihrer Seele zu fließen, jede Note eine Brücke zwischen ihrer Vergangenheit und ihrer Zukunft.

Ihr Vater beobachtete sie und ermahnte sie fürsorglich. »Du solltest eine Pause machen, Johanna«, mahnte er sanft. »Die Musik wird nicht weglaufen.«

Doch Johanna konnte nicht aufhören. Es war, als hätte sich ein Damm in ihr gebrochen, und all die zurückgehaltenen Gefühle und Ideen strömten nun unaufhaltsam hervor.

Eines Morgens, als sie gerade dabei war, eine besonders komplizierte Passage zu überarbeiten, klopfte es an ihrer Tür. Es war Thomas, ihr Jugendfreund, den sie in den letzten Wochen kaum gesehen hatte.

Sein Blick wanderte über die verstreuten Notenblätter, der halb geöffnete Geigenkoffer, die Tasse kalten Tee auf dem Tisch.

»Störe ich?« fragte er vorsichtig.

Sie schüttelte lächelnd den Kopf. »Natürlich nicht, Thomas. Komm rein.«

Er trat ein, ließ sich auf einen Stuhl fallen und betrachtete die Blätter mit gerunzelter Stirn. »Du arbeitest wohl unermüdlich?«

Johanna nickte enthusiastisch. »Ich habe das Gefühl, dass ich endlich meine eigene Stimme finde, Thomas. Diese Musik... sie ist anders als alles, was ich bisher geschrieben habe.«

Er lehnte sich zurück, verschränkte die Arme und musterte sie nachdenklich. »Und du? Findest du dich auch?«

Sie blinzelte, irritiert von seiner Frage. »Was meinst du?«

Er zuckte mit den Schultern. »Seit du zurück bist, habe ich das Gefühl, dass du hier bist und gleichzeitig nicht. Deine Gedanken, deine Musik... sie sind überall. Aber ich frage mich, wo ich in dem Ganzen noch Platz habe. Wo wir Platz haben.«

Johanna seufzte und setzte sich ihm gegenüber. »Thomas... es geht nicht darum, dass ich mich entferne. Es geht darum, dass ich all das – meine Kindheit, das Dorf, unsere Erinnerungen – in etwas umwandle, das bleibt. Diese Musik erzählt unsere Geschichte.«

Er lächelte schwach. »Unsere Geschichte? Ich wünschte, ich könnte das hören.«

Sie stand auf, nahm ihre Geige und spielte ein paar sanfte Takte. Die Melodie war zart, vertraut – sie klang nach langen Sommerabenden am Bach, nach Herbstmärkten auf dem Dorfplatz, nach dem leisen Lachen zweier Kinder, die einst Seite an Seite durch die Felder rannten.

Thomas hörte aufmerksam zu, schloss für einen Moment die Augen. Als sie verstummte, atmete er tief durch.

»Ich verstehe es jetzt ein bisschen besser«, sagte er schließlich. »Aber es macht mir auch Angst, Johanna. Was, wenn du dich eines Tages fragst, ob all das hier genug für dich ist?«

Sie legte ihre Hand sanft auf seine. »Das hier wird immer mein Zuhause sein, Thomas. Aber ich muss auch herausfinden, was ich noch bin – wer ich bin, wenn ich nicht nur die Johanna von damals bin.«

Er nickte langsam. »Und wenn ich es bin, der zurückbleibt?«

Sie schluckte. »Dann hoffe ich, dass du weißt, dass du immer ein Teil davon sein wirst – egal, wo ich bin oder wie meine Musik sich verändert.«

Für einen Moment herrschte Stille. Dann hob Thomas ein Notenblatt auf, das zu Boden gefallen war, und legte es vorsichtig auf den Tisch.

»Dann spiel weiter, Johanna.«

Ein warmes Lächeln huschte über ihr Gesicht. »Das werde ich.«

In den folgenden Tagen begann Johanna, ihre Komposition in eine neue Richtung zu lenken. Sie ging durchs Dorf, sprach mit den Menschen, hörte ihre Geschichten. Sie bat den alten Schmied, ihr den Rhythmus seines Hammerschlags beizubringen, lernte von der Bäckerin das Lied, das sie beim Kneten des Teigs summte.

Mit Thomas' Hilfe organisierte sie kleine Treffen, bei denen sie den Dorfbewohnern Teile ihrer Komposition vorspielte und sie um ihre Meinung bat. Anfangs waren die Reaktionen zurückhaltend, manchmal sogar skeptisch. Doch je mehr die Menschen verstanden, dass Johanna ihre Erfahrungen, ihre Lebensweisheiten in die Musik einfließen ließ, desto offener wurden sie.

Frau Huber, die anfangs am kritischsten gewesen war, wurde zu einer ihrer größten Unterstützerinnen. »Weißt du«, sagte sie eines Tages zu Johanna, »als ich deine Musik zum ersten Mal hörte, dachte ich, das sei nichts für uns alte Leute. Aber jetzt... jetzt höre ich darin das Lachen meiner Kinder, das Rauschen des Baches, an dem ich als Mädchen spielte. Es ist, als würdest du unsere Erinnerungen zum Klingen bringen.«

Diese Worte bestärkten Johanna in ihrem Vorhaben. Sie arbeitete mit noch größerem Eifer an ihrer Komposition, integrierte die Klänge und Rhythmen des Dorflebens, verwebte sie mit den komplexen Harmonien, die sie in Berlin gelernt hatte.

Während er ihre Fortschritte verfolgte, erkannte er mit stiller Bewunderung, wie sehr sie sich verändert hatte. Eines Abends, als Johanna gerade eine besonders schwierige Passage geübt hatte, kam er in ihr Zimmer.

»Weißt du« sagte er nachdenklich, »ich habe lange gebraucht, um zu verstehen, was du hier tust. Ich dachte, du würdest dich von uns entfernen, von allem, was wir dir beigebracht haben. Aber jetzt sehe ich, dass du uns alle mitnimmst auf diese Reise. Deine Musik, sie ist wie eine dieser komplizierten Uhren, die ich manchmal baue - jedes Teil hat seinen Platz, seine Funktion, und zusammen erzeugen sie etwas Wunderbares.«

Johanna umarmte ihren Vater fest. »Danke, Papa. Das bedeutet mir so viel.«

Als der Herbst sich dem Ende zuneigte und die ersten Schneeflocken zu fallen begannen, war Johannas »Sinfonie der Heimkehr« fast vollendet. Sie hatte beschlossen, sie zum ersten Mal beim traditionellen Winterfest des Dorfes aufzuführen.

Die Vorbereitungen für das Fest waren in vollem Gange. Überall im Dorf wurde gebacken, dekoriert und geprobt. Johanna hatte eine kleine Gruppe von Musikern um sich geschart - einige Kinder aus ihren improvisierten Musikstunden, ein paar talentierte Amateure aus dem Dorf und sogar Herr Müller, der Leiter der Dorfkapelle, der sich nach anfänglichem Zögern von Johannas Begeisterung hatte anstecken lassen.

Am Abend vor der Aufführung saß Johanna mit ihrem Vater am Küchentisch. Die Nervosität kribbelte in ihrem Magen, und ihre Hände zitterten leicht, als sie ihre Tasse Tee hob.

»Was ist, wenn sie es nicht mögen?« fragte Johanna leise, ihre Stimme kaum mehr als ein Flüstern. »Was, wenn sie denken, ich hätte alles ruiniert, was ihnen vertraut und lieb ist?«

Friedrich legte seine raue, von der Arbeit gezeichnete Hand auf ihre. »Johanna, mein Kind, hör mir zu. Was du geschaffen hast, ist mehr als nur Musik. Es ist eine Brücke zwischen Welten, zwischen Generationen. Du hast die Seele unseres Dorfes eingefangen und ihr eine neue Stimme gegeben. Wie könnten sie das nicht lieben?«

Johanna lächelte schwach, dankbar für die Worte ihres Vaters. Sie hatte so viel in diese Komposition gesteckt - ihre Erfahrungen aus Berlin, die wilden Improvisationen mit Eleonore, die Geschichten und Klänge des Dorfes. Es fühlte sich an, als hätte sie ihr Herz auf Notenpapier geschrieben, verletzlich und offen für alle zu sehen.

Der nächste Morgen brach an, klar und kalt. Frischer Schnee bedeckte das Dorf wie eine weiße Decke, dämpfte alle Geräusche und gab der Welt eine unwirkliche, märchenhafte Atmosphäre. Johanna stand am Fenster ihres Zimmers und beobachtete, wie die ersten Dorfbewohner ihre Häuser verließen, eingehüllt in dicke Mäntel und Schals, auf dem Weg zum Festplatz.

Mit zitternden Händen griff sie nach ihrer Geige. Das vertraute Gewicht des Instruments in ihren Händen gab ihr ein Gefühl von Sicherheit, von Verbundenheit mit allem, was sie war und sein wollte.

»Es ist Zeit«, sagte sie zu sich selbst und verließ das Haus.

Der Festplatz war ein Meer aus Lichtern und Farben. Girlanden spannten sich von Baum zu Baum, Feuerkörbe spendeten Wärme und ein flackerndes, goldenes Licht. Der Duft von Glühwein und gebrannten Mandeln hing in der Luft, vermischte sich mit dem Geruch von Tannennadeln und frischem Schnee.

Johanna bahnte sich ihren Weg durch die Menge, nickte Bekannten zu, tauschte nervöse Lächeln mit ihren Mitmusikern aus. Als sie die kleine Bühne erreichte, die am Rande des Platzes aufgebaut worden war, spürte sie, wie sich alle Blicke auf sie richteten. Erwartung lag in der Luft, eine Spannung, die fast greifbar war.

Sie atmete tief durch, schloss für einen Moment die Augen. In ihrem Kopf hörte sie die Stimme Eleonores: »Lass die Musik durch dich fließen, Kind. Du bist nur der Kanal, durch den sie in die Welt kommt.«

Mit einem leichten Nicken gab Johanna das Zeichen zum Beginn. Die ersten Töne erklangen, zart und fragil wie die ersten Sonnenstrahlen an einem Wintermorgen. Es war eine einfache Melodie, die an ein altes Volkslied erinnerte, das jeder im Dorf kannte. Doch dann begann sie sich zu verändern, zu wachsen, sich mit neuen Klängen zu verweben.

Das Ticken einer Uhr mischte sich hinein, wurde zum Herzschlag der Komposition. Darüber erhoben sich die Klänge der Natur - das Rauschen des Windes in den Tannen, das Plätschern des Baches, das leise Läuten der Kuhglocken. Nach und nach kamen mehr Instrumente hinzu, jedes eine Stimme des Dorfes - der rhythmische Schlag des Schmiedehammers, das Summen der Bäckerin beim Kneten des Teigs, das Lachen der Kinder auf dem Schulhof.

Johanna spielte mit geschlossenen Augen, ließ die Musik durch sich hindurchfließen. Sie spürte, wie sich etwas in der Atmosphäre veränderte. Die anfängliche Spannung wich einer tiefen Aufmerksamkeit, einer kollektiven Atemlosigkeit.

Als sie zu der Passage kam, die von ihrer Zeit in Berlin erzählte, von der Sehnsucht und dem Heimweh, hörte sie ein leises Schluchzen aus dem Publikum. Es war Frau Huber, deren Sohn vor Jahren in die Stadt gezogen war und nur selten nach Hause kam.

Die Musik schwoll an, wurde komplexer, vielschichtiger. Klassische Harmonien verschmolzen mit experimentellen Klängen, traditionelle Melodien wurden in neue, unerwartete Richtungen geführt. Es war, als würde das Dorf selbst atmen, leben, sich in Klang verwandeln.

Und dann, ganz allmählich, kehrte die Musik zu ihren Wurzeln zurück. Die komplexen Strukturen lösten sich auf, gaben den Weg frei für eine einfache, kraftvolle Melodie. Es war das alte Volkslied vom Anfang, doch nun erfüllt von all den Erfahrungen und Emotionen der Reise.

Als der letzte Ton verklang, öffnete Johanna die Augen. Für einen Moment herrschte absolute Stille. Sie sah in die Gesichter der Dorfbewohner, sah Tränen, offene Münder, Augen voller Staunen.

Dann brach der Applaus los. Es war kein höflicher Beifall, sondern ein Sturm der Begeisterung. Menschen sprangen von ihren Sitzen auf, umarmten sich, riefen Johannas Namen.

Ihr Vater war der Erste, der die Bühne erreichte. Er zog sie in eine feste Umarmung, Tränen glitzerten in seinen Augen. »Das war mehr als Musik, Johanna«, flüsterte er. »Das war Magie.«

Nach und nach kamen mehr Menschen zu ihr. Frau Huber umarmte sie schluchzend, dankte ihr dafür, dass sie die Gefühle in Musik gefasst hatte, für die sie selbst keine Worte fand. Der alte Schmied klopfte ihr auf die Schulter und brummte anerkennend, dass er nie gedacht hätte, dass sein Hammerschlag so schön klingen könnte.

Sogar Herr Bauer, der Schulleiter, kam zu ihr. »Frau Dryander« sagte er mit einem verlegenen Lächeln, »ich muss mich bei Ihnen entschuldigen. Ich habe die Kraft Ihrer Vision unterschätzt. Würden Sie in Erwägung ziehen, regelmäßig Musikunterricht an unserer Schule zu geben? Ich denke, wir alle haben noch viel von Ihnen zu lernen.«

Johanna war überwältigt. Sie hatte gehofft, dass ihre Musik verstanden würde, aber diese Reaktion übertraf alle ihre Erwartungen. Sie spürte, wie sich etwas in ihr löste, eine Spannung, die sie so lange mit sich herumgetragen hatte. Hier, in diesem Moment, hatte sie endlich ihren Platz gefunden - nicht in Berlin, nicht ausschließlich im Dorf, sondern genau dazwischen, als Brücke zwischen den Welten.

Als der Trubel sich etwas gelegt hatte, fand Thomas seinen Weg zu ihr. Er nahm ihre Hand, drückte sie sanft. »Du hast es geschafft, Johanna«, sagte er leise. »Du hast uns alle mitgenommen auf deine Reise. Und weißt du was? Ich glaube, wir sind alle ein bisschen gewachsen dabei.«

Johanna lächelte, Tränen der Erleichterung und Freude in den Augen. »Danke, Thomas. Für alles. Ohne dich, ohne euch alle, wäre das nie möglich gewesen.«

Sie blickte über den Festplatz, sah die lachenden Gesichter, die Menschen, die miteinander tanzten und sangen. Ihr Blick wanderte zu den schneebedeckten Bergen am Horizont, die im Licht der untergehenden Sonne glühten.

In diesem Moment wusste Johanna, dass ihre Reise gerade erst begonnen hatte. Sie hatte ihre Stimme gefunden, ihre einzigartige Melodie. Und mit dieser Melodie würde sie Geschichten erzählen - von Heimat und Ferne, von der unendlichen Kraft der Musik, Herzen zu berühren und Welten zu verbinden.

Mit einem tiefen Atemzug hob sie ihre Geige. Es gab noch so viele Melodien zu entdecken, so viele Geschichten zu erzählen. Und sie war bereit, jede einzelne davon zum Klingen zu bringen.

ARPEGGIO

Der Winter hielt das Tal in eisiger Umarmung. Schnee lastete auf den Dächern des Dorfes und dämpfte jeden Laut zu einem Flüstern. Die Welt schien in Stille gehüllt, nur unterbrochen vom gelegentlichen Knirschen des Schnees unter den Füßen eiliger Dorfbewohner.

Johanna stand am Fenster ihres Zimmers, die Stirn gegen die kalte Scheibe gelehnt. Ihr Atem zeichnete flüchtige Muster auf das Glas, vergängliche Kunstwerke in einer erstarrten Welt. Sie beobachtete, wie Eiskristalle an den Rändern der Fensterscheibe wuchsen, filigrane Strukturen, die sie an die komplexen Harmonien erinnerten, die sie in Berlin studiert hatte.

In ihren Händen ruhte ein Stapel vergilbter Briefe, zusammengehalten von einem verblichenen blauen Band. Der Geruch von altem Papier und verblasster Tinte umhüllte sie wie ein Nebel aus Erinnerungen. Mit zögernden Fingern löste sie das

Band. Die Briefe ihrer Mutter Elisabeth lagen vor ihr - ein unentdecktes Land voller Verheißungen und verborgener Wahrheiten.

Johanna zog den ersten Brief hervor, das Papier knisterte leise unter ihren Fingern. Die Handschrift ihrer Mutter war fließend und elegant, jeder Buchstabe sorgfältig geformt, als wäre jedes Wort eine Note in einer sorgfältig komponierten Melodie.

Mein geliebter Friedrich,

die Nacht ist still, nur deine Uhren ticken leise. Ich sitze am offenen Fenster, Bergkräuter duften herein. Meine Gedanken kreisen um dich, um uns, um die Zukunft.
Erinnerst du dich an unsere erste Begegnung? Du, der ernste Uhrmacher, so vertieft in deine Arbeit. Ich, die junge Musikerin, nur für einen Sommer hier - und dann gefangen, von dir und diesen Bergen. Manchmal zweifle ich an meiner Entscheidung zu bleiben. Die Musik ruft mich noch immer, ein ferner Lockruf einer unbekannten Welt. Doch dann sehe ich dich, unsere kleine Johanna, und weiß: Hier ist mein Platz. Trotzdem träume ich davon, dass Johanna eines Tages fliegen wird. Dass sie die Welt sieht und die Musik in sich lebt. Versprich mir,

Johanna ließ den Brief sinken. Tränen brannten in ihren Augen, verschwommen las sie die letzten Zeilen noch einmal. Die Worte ihrer Mutter hallten in ihr nach, ein Echo aus einer Zeit, die sie nie gekannt hatte. Eine tiefe Verbundenheit durchströmte sie, gepaart mit schmerzlicher Sehnsucht nach dem, was hätte sein können.

Sie dachte an ihre eigene Reise, an die Entscheidung, nach Berlin zu gehen, und an die Zerrissenheit, die sie bei ihrer Rückkehr empfunden hatte. War es das, was ihre Mutter gefühlt hatte? Diese ständige Spannung zwischen dem Ruf der Musik und der Liebe zur Familie?

Mit einem tiefen Atemzug griff Johanna nach dem nächsten Brief. Elisabeths Handschrift tanzte über das Papier, mal hastig und aufgeregt, dann wieder bedächtig und nachdenklich. Es war, als könnte Johanna die Gefühle ihrer Mutter durch die Tinte spüren, die Leidenschaft und die Ängste, die in jedem Wort mitschwangen.

Liebster Friedrich,

heute kam die Musik zu mir wie ein Windhauch - flüchtig und doch kristallklar. Ich versuchte, sie einzufangen, auf Papier zu bannen. Es fühlte sich an, als wollte ich einen Schmetterling in einen Käfig sperren. Verstehst du? Diese Musik ist wild und frei. Sie lässt sich nicht in starre Formen pressen. Sie ist wie das Rauschen des Windes in den Tannen, das Glucksen des Frühlingsbaches, das ferne Donnergrollen eines Sommergewitters.

Ich wünschte, du könntest hören, was ich höre. Aber du mit deinen präzisen Uhren und deinem Ordnungssinn - würdest du die Schönheit in diesem Chaos erkennen?

Manchmal fühle ich mich zerrissen, Friedrich. Zwischen der Liebe zu dir und Johanna und dieser ungezähmten Musik in mir. Zwei Herzen schlagen in meiner Brust - eines im Takt deiner Uhren, das andere im freien Rhythmus der Berge. Doch wenn ich Johanna sehe, wie sie deinen Uhren lauscht und gleichzeitig nach den Klängen der Natur greift, denke ich: Vielleicht wird sie es sein. Vielleicht wird sie die Brücke schlagen zwischen deiner Präzision und meiner Wildheit.

In Liebe, Elisabeth

Johanna las den Brief wieder und wieder. Jedes Wort brannte sich in ihr Gedächtnis. Sie erkannte sich selbst in den Zeilen ihrer Mutter, spürte denselben Konflikt, dieselbe Zerrissenheit zwischen Tradition und Innovation, zwischen Pflicht und Freiheit.

Sie dachte an ihre Zeit in Berlin, an die experimentellen Stücke, die sie dort kennengelernt hatte, an die Freiheit, mit Klängen und Rhythmen zu spielen, die sie hier im Dorf nie gekannt hatte. Und doch hatte sie auch die Sehnsucht nach den vertrauten Melodien ihrer Heimat gespürt, nach dem Rhythmus der Natur, der hier so viel präsenter war als in der Großstadt.

Mit einem Mal wurde ihr bewusst: Ihre Reise, ihre Suche nach musikalischer Identität, hatte nicht mit ihrer Rückkehr ins Dorf begonnen. Sie war Teil einer größeren Geschichte, einer Melodie, die schon lange vor ihrer Geburt zu spielen begonnen hatte.

Draußen begann es zu schneien. Dicke Flocken tanzten vor dem Fenster, als wollten sie Johannas Gedanken einfangen und in die Welt hinaustragen. Sie beobachtete, wie der Schnee die Landschaft veränderte, wie er die vertrauten Konturen des Dorfes weicher machte, sie in etwas Neues, fast Magisches verwandelte. War es nicht genau das, was sie mit ihrer Musik versuchte? Das Vertraute zu nehmen und es in etwas Neues, Überraschendes zu verwandeln?

Sie erhob sich, spürte, wie die Anspannung der letzten Wochen von ihr abfiel. An ihre Stelle trat eine neue Entschlossenheit, ein Gefühl von Klarheit, das sie seit ihrer Rückkehr nicht mehr empfunden hatte.

Mit den Briefen in der Hand verließ sie ihr Zimmer. Sie musste mit jemandem sprechen, diese neu entdeckte Verbindung zu ihrer Mutter teilen. Ihr Vater war in der Werkstatt versunken, das rhythmische Ticken der Uhren drang durch die geschlossene Tür. Einen Moment zögerte Johanna, die Hand über dem Türknauf schwebend.

Sie hörte, wie ihr Vater leise vor sich hin summte, eine alte Melodie, die sie aus ihrer Kindheit kannte. Es war ein Volkslied, das ihre Mutter oft gesungen hatte. Hatte er es die ganze Zeit in sich getragen, diese Verbindung zur Musik, die er nach außen hin so selten zeigte?

Dann wandte sie sich ab. Es gab jemand anderen, mit dem sie zuerst sprechen musste. Jemanden, der vielleicht besser verstehen würde, was diese Briefe für sie bedeuteten.

Der Weg zu Eleonores Haus lag verschneit vor ihr. Ihre Fußstapfen waren die einzigen Spuren in der weißen Pracht. Der Schnee knirschte unter ihren Schritten, ein rhythmisches Knirschen, das sich in ihrem Kopf in eine Melodie verwandelte. Sie summte leise vor sich hin, improvisierte über das Thema, das der Winter ihr vorgab.

An Eleonores Tür angekommen, vernahm sie gedämpfte Klavierklänge. Es war eine komplexe, dissonante Melodie, die sie an die avantgardistischen Stücke erinnerte, die sie in Berlin gehört hatte. Und doch war da etwas Vertrautes darin, ein Grundthema, das sie nicht ganz fassen konnte.

Sie klopfte, die Musik verstummte. Momente später öffnete Eleonore. Ihr wildes graues Haar stand in alle Richtungen ab, als hätte sie gerade mit dem Wind gekämpft. Ihre Augen leuchteten mit jener intensiven Energie, die Johanna so an ihr bewunderte.

»Ah, Johanna«, sagte sie mit wissendem Lächeln. »Ich habe dich erwartet. Komm herein, Kind. Der Tee ist gerade fertig.«

Johanna folgte ihr ins chaotische Wohnzimmer, das eher einer Musikbibliothek glich. Bücher und Notenblätter türmten sich auf jeder Fläche. In der Ecke thronte ein alter Flügel, auf dem Teekannen und Tassen zwischen losen Notenblättern balancierten. Der Raum atmete Musik, jeder Winkel schien von Melodien und Harmonien erfüllt zu sein.

»Du hast sie gefunden, nicht wahr?«, fragte Eleonore, während sie Tee eingoss. Der Duft von Kräutern und Bergblumen erfüllte den Raum. »Die Briefe deiner Mutter.«

Johanna nickte, überrascht von Eleonores Scharfsinn. »Woher wissen Sie das?«

Die alte Frau lachte leise, ein Klang wie fernes Glockenläuten. »Oh, Kind. Ich kenne diesen Blick. Es ist derselbe, den Elisabeth hatte, wenn sie von ihrer Musik sprach. Diese Mischung aus Ehrfurcht, Verwirrung und einem Hauch Rebellion.«

Johanna ließ sich in einen abgewetzten Sessel sinken, die Briefe an ihre Brust gedrückt. Sie spürte, wie das Papier unter ihren Fingern knisterte, als würde es ihr Geheimnisse zuflüstern wollen. »Sie kannten meine Mutter gut, nicht wahr?«

Eleonore nickte, ihr Blick in die Ferne gerichtet, als sähe sie Dinge, die Johanna nicht sehen konnte. »Elisabeth war... einzigartig. Sie hatte diese Gabe, Musik in allem zu hören. Im Rauschen des Windes, im Plätschern des Baches, sogar im Schweigen der Berge. Aber sie kämpfte immer damit, diese Klänge in eine Form zu bringen, die andere verstehen konnten.«

»Genau wie ich«, flüsterte Johanna. Sie dachte an ihre eigenen Versuche, die Melodien einzufangen, die ständig in ihrem Kopf spielten. Wie oft hatte sie frustriert aufgegeben, weil die Noten auf dem Papier nie ganz das ausdrücken konnten, was sie in sich hörte?

»Ja, genau wie du.« Eleonore lächelte sanft, eine Mischung aus Mitgefühl und Ermutigung in ihren Augen. »Aber weißt du, was der Unterschied ist? Elisabeth hatte nie den Mut, ihrer Vision zu folgen. Sie blieb hier, gefangen zwischen ihrer Liebe zu deinem Vater und ihrer Sehnsucht nach der Musik. Du, Johanna, du hast diesen Schritt gewagt. Du bist hinausgegangen in die Welt.«

Johanna senkte den Blick auf die Briefe in ihren Händen. Die Worte ihrer Mutter schienen durch das Papier zu leuchten, eine stille Aufforderung, den Weg zu gehen, den Elisabeth nie gegangen war. »Aber ich bin zurückgekommen. Habe ich nicht auch aufgegeben?«

Eleonore schüttelte energisch den Kopf, ihre Augen blitzten. »Nein, Kind. Du bist nicht zurückgekommen, um aufzugeben. Du bist zurückgekommen, um zu vollenden, was deine Mutter begonnen hat. Um die Brücke zu bauen zwischen den Welten.«

Sie erhob sich und ging zum Flügel, ihre Finger strichen sanft über die Tasten. Es war eine zärtliche Geste, wie eine Liebkosung. »Weißt du, Kunst, wahre Kunst, entsteht nicht im Vakuum. Sie braucht Wurzeln und Flügel. Die Wurzeln, um uns zu erden, uns mit unserer Herkunft zu verbinden. Und die Flügel, um uns über uns selbst hinauszutragen, neue Horizonte zu erkunden.«

Johanna lauschte gebannt. Jedes Wort Eleonores schien einen Akkord in ihr zum Klingen zu bringen, Saiten zu berühren, von deren Existenz sie bisher nichts geahnt hatte. »Aber wie finde ich das Gleichgewicht? Zwischen Pflicht und Freiheit?«

Eleonore lachte, ein warmes, raues Geräusch, das den Raum mit Leben zu füllen schien. »Oh, mein Kind. Das ist die ewige Frage jedes Künstlers. Es gibt keine einfache Antwort darauf. Aber ich kann dir eines sagen: Die größte Kunst entsteht oft genau in diesem Spannungsfeld. In dem Moment, wo wir das Vertraute nehmen und es in etwas Neues verwandeln.«

Sie setzte sich ans Klavier und begann zu spielen. Eine einfache Melodie, ein altes Volkslied aus Johannas Kindheit. Doch dann begannen Eleonores Hände zu tanzen. Sie verwoben die vertraute Melodie mit komplexen Harmonien und unerwarteten Rhythmen. Es war, als würde das alte Lied plötzlich in einer neuen, reicheren Sprache erzählt.

Johanna schloss die Augen, ließ die Musik über sich waschen. Sie spürte, wie sich etwas in ihr löste, eine Spannung, die sie so lange mit sich herumgetragen hatte. In Eleonores Spiel hörte sie das Echo ihrer eigenen Sehnsüchte, ihrer Träume, aber auch die Stimme ihrer Mutter, die Weisheit der Berge, das Ticken der Uhren ihres Vaters.

»Siehst du?« sagte Eleonore, ohne aufzuhören zu spielen. Ihre Finger tanzten weiter über die Tasten, als hätten sie ein Eigenleben entwickelt. »Das ist es, was deine Mutter versuchte. Und das ist es, was du jetzt tust. Du nimmst die Klänge deiner Heimat, die Geschichten deines Dorfes, und gibst ihnen eine neue Stimme.«

Johanna öffnete die Augen, Tränen glitzerten in ihren Wimpern. »Aber was ist mit meiner Verantwortung hier? Gegenüber meinem Vater, dem Dorf?«

Eleonore ließ die Musik sanft ausklingen. Die letzten Töne schwebten durch den Raum wie Schneeflocken, die langsam zu Boden sinken. »Verantwortung, Johanna, ist nicht dasselbe wie Aufopferung. Deine Verantwortung liegt darin, deiner Gabe treu zu bleiben, sie zu entwickeln und mit der Welt zu teilen. Denn indem du das tust, ehrst du nicht nur dich selbst, sondern auch deine Mutter, deinen Vater und ja, sogar dieses kleine Dorf.«

Sie stand auf und nahm Johannas Hände in ihre. Ihre Finger waren rau von jahrelangem Musizieren, aber warm und voller Leben. Ihre Augen, klar und durchdringend, bohrten sich in Johannas. »Du trägst die Musik deiner Mutter in dir, Kind. Aber du hast auch die Präzision und Beharrlichkeit deines Vaters. Diese Kombination macht dich einzigartig. Nutze sie. Erschaffe etwas, das die Welt noch nie gehört hat.«

Johanna spürte, wie sich Tränen in ihren Augen sammelten. Die Worte Eleonores trafen sie tief, rührten an etwas in ihr, das lange geschlummert hatte. Es war, als würde ein Vorhang gelüftet, der ihr bisher die Sicht versperrt hatte. »Aber wie? Wie kann ich all das in Musik fassen?«

Eleonore lächelte geheimnisvoll, ein Funkeln in ihren Augen, das Johanna an einen klaren Bergsee erinnerte, in dem sich die Sterne spiegeln. »Das, meine Liebe, ist deine Reise. Ich kann dir den Weg nicht zeigen. Aber ich kann dir sagen: Höre auf die Stimmen um dich herum. Die Stimme deiner Mutter in diesen Briefen. Die Stimme deines Vaters in seinen tickenden Uhren. Die Stimmen des Dorfes, der Berge, des Windes. Und dann, dann lass deine eigene Stimme all diese Klänge zu einer neuen Symphonie verweben.«

Mit diesen Worten wandte sich Eleonore um und begann in einem alten Schrank zu kramen. Staub wirbelte auf, tanzte im Licht der untergehenden

Sonne, das durch die Fenster fiel. Nach einigem Suchen zog sie eine staubige Mappe hervor.

»Hier« sagte sie und reichte sie Johanna. Ihre Stimme war sanft, fast ehrfürchtig. »Das sind einige von Elisabeths unvollendeten Kompositionen. Sie hat sie mir kurz vor ihrem Tod gegeben. Ich denke, es ist an der Zeit, dass du sie bekommst.«

Johanna nahm die Mappe mit zitternden Händen entgegen. Es fühlte sich an, als hielte sie einen Schatz in Händen, einen Teil ihrer Mutter, den sie nie gekannt hatte. Das Papier war vergilbt, die Ecken abgestoßen, aber die Noten darauf waren klar und deutlich, als wären sie erst gestern geschrieben worden. »Danke«, flüsterte sie, ihre Stimme rau vor Emotion.

Eleonore nickte nur, ein weises Lächeln auf ihren Lippen. »Geh jetzt, Kind. Du hast viel zu verarbeiten. Und denk daran: Die größte Ehrerbietung, die du deiner Mutter erweisen kannst, ist es, ihre Träume weiterzuträumen und sie Wirklichkeit werden zu lassen.«

Mit schwerem Herzen und doch seltsam beflügelt verließ Johanna Eleonores Haus. Der Schnee fiel noch immer, doch jetzt erschien er ihr nicht mehr wie eine Last, sondern wie ein reines, weißes Blatt, bereit, mit neuen Melodien beschrieben zu werden.

Der Weg nach Hause kam ihr kürzer vor als sonst. Ihre Gedanken rasten, Melodiefetzen und Worte aus den Briefen ihrer Mutter vermischten sich in ihrem Kopf zu einer wilden Symphonie. Sie spürte eine Energie in sich, die sie seit ihrer Rückkehr ins Dorf nicht mehr gefühlt hatte. Es war, als hätte Eleonore einen Funken in ihr entzündet, der nun zu einem Feuer heranzuwachsen drohte.

Zu Hause angekommen, zog sich Johanna in ihr Zimmer zurück. Sie breitete die Briefe ihrer Mutter und die neu erhaltenen Kompositionen vor sich aus. Die Noten auf dem vergilbten Papier schienen zu tanzen, luden sie ein, sie zum Leben zu erwecken.

Stunden vergingen, während sie las, Noten studierte, Verbindungen herstellte zwischen den Gedanken ihrer Mutter und ihren eigenen musikalischen Ideen. Je mehr sie las, desto klarer wurde ihr, dass ihre Mutter nicht nur eine talentierte Musikerin gewesen war, sondern eine Visionärin, die ihrer Zeit voraus war.

In den unfertigen Kompositionen fand Johanna Ansätze zu einer Musik, die die Grenzen zwischen klassischer Struktur und freier Improvisation verwischte, die Naturklänge mit komplexen Harmonien verwebte. Es war, als würde sie durch diese Noten und Briefe mit ihrer Mutter kommunizieren, über die Grenzen von Zeit und Tod hinweg.

Sie spürte eine tiefe Verbundenheit, aber auch eine große Verantwortung. Es lag nun an ihr, das Erbe ihrer Mutter weiterzuführen, es zu vollenden und in die Welt zu tragen. Nicht als bloße Kopie, sondern als etwas Neues, etwas, das sowohl die Träume ihrer Mutter als auch ihre eigenen Erfahrungen und Visionen in sich vereinte.

Als der Morgen graute, hatte Johanna eine Entscheidung getroffen. Sie würde ein neues Werk komponieren, eine Symphonie, die alles in sich vereinte - die unvollendeten Ideen ihrer Mutter, die Präzision ihres Vaters, die wilden Klänge der Natur und ihre eigenen Erfahrungen aus Berlin.

Mit neuem Elan machte sie sich an die Arbeit. Die Tage vergingen wie im Flug, gefüllt mit fieberhaftem Komponieren, langen Gesprächen mit Eleonore und stillen Momenten der Reflexion. Johanna spürte, wie sich etwas in ihr veränderte, wie sie zu einer Synthese fand zwischen der jungen Frau, die nach Berlin gegangen war, und dem Mädchen, das in diesem Tal aufgewachsen war.

Sie begann, die Klänge des Dorfes mit neuen Ohren zu hören. Das Läuten der Kirchenglocken, das Muhen der Kühe auf den Weiden, das Knarren der alten Holzhäuser im Wind - all das wurde zu Instrumenten in ihrer Symphonie. Sie verwebte diese Geräusche mit den komplexen Harmonien, die sie in

Berlin gelernt hatte, schuf etwas, das gleichzeitig fremd und vertraut klang.

Oft saß sie stundenlang am Fenster, beobachtete den Wechsel der Jahreszeiten, wie der Schnee schmolz und die ersten zarten Knospen an den Bäumen erschienen. Die Verwandlung der Natur inspirierte sie, spiegelte den Wandel wider, den sie in sich selbst spürte.

Eines Abends, als sie gerade dabei war, eine besonders komplizierte Passage zu überarbeiten, klopfte es sanft an ihrer Tür. Es war ihr Vater, Friedrich, der zögernd eintrat. Seine Augen wanderten über die Notenblätter und Briefe, die überall verstreut lagen, ein Ausdruck von Staunen und leiser Traurigkeit in seinem Blick.

»Johanna?« fragte er leise. »Hast du einen Moment Zeit?«

Sie nickte und legte ihren Stift beiseite. Friedrich setzte sich auf die Kante ihres Bettes, seine Hände, die Hände eines Uhrmachers, ruhten unruhig in seinem Schoß.

»Du hast sie also gefunden«, sagte er schließlich. »Die Briefe deiner Mutter.«

Johanna nickte wieder, unsicher, was sie sagen sollte. Die Stille zwischen ihnen war erfüllt von unausgesprochenen Worten, von Jahren des Schweigens über den Verlust, der sie beide geprägt hatte.

Friedrich seufzte tief, ein Laut, der aus den Tiefen seiner Seele zu kommen schien. »Ich hätte sie dir schon vor langer Zeit geben sollen«, fuhr er fort. »Aber ich... ich hatte Angst, Johanna. Angst, dass du, wenn du sie liest, denselben Weg gehen würdest wie deine Mutter. Dass du dich zerrissen fühlen würdest zwischen deiner Kunst und... und uns.«

Er hielt inne, seine Hände, die sonst so ruhig und präzise arbeiteten, zitterten leicht. Johanna sah die Emotionen, die in ihm kämpften - Liebe, Angst, Schuld, Mut.

»Aber ich sehe jetzt, dass ich Unrecht hatte« fuhr er fort, seine Stimme kaum mehr als ein Flüstern. »Du bist nicht deine Mutter, Johanna. Du bist stärker, als sie es je war. Du hast den Mut, deinen eigenen Weg zu gehen.«

Johanna spürte, wie ihr Tränen in die Augen stiegen. Sie griff nach den Händen ihres Vaters, drückte sie fest. Die Wärme seiner Haut, die Schwielen von jahrelanger Arbeit, all das war so vertraut und doch in diesem Moment so neu. »Papa, ich...«

Friedrich schüttelte den Kopf, ein sanftes Lächeln auf seinen Lippen. »Ich möchte, dass du weißt: Ich bin stolz auf dich, Johanna. Stolz auf die Musikerin, die du geworden bist, auf die Frau, die du bist. Und ich weiß, dass deine Mutter es auch wäre.«

Er holte tief Luft, als müsste er sich für seine nächsten Worte wappnen. Seine Augen suchten die ihren, voller Entschlossenheit und einer Liebe, die Johanna den Atem raubte. »Ich möchte, dass du gehst, Johanna. Dass du zurück nach Berlin gehst, oder wohin auch immer deine Musik dich führt. Ich möchte, dass du den Traum lebst, den deine Mutter nie leben konnte.«

Johanna starrte ihren Vater ungläubig an. Die Worte trafen sie wie ein Blitz, erschütternd und erhellend zugleich. »Aber Papa, was ist mit dir? Mit dem Dorf? Ich kann dich nicht einfach hier zurücklassen.«

Friedrich lächelte, ein seltenes, warmes Lächeln, das seine Augen erreichte und Jahre von seinem Gesicht nahm. »Oh, mein Kind. Ich bin nicht allein. Ich habe meine Uhren, ich habe das Dorf. Und ich habe die Gewissheit, dass meine Tochter dort draußen ist und die Welt mit ihrer Musik verzaubert. Das ist mehr, als ich je zu hoffen gewagt hätte.«

Er stand auf, ging zum Fenster und blickte hinaus in die Landschaft, die sich im Licht des Frühlings neu zu erfinden schien. »Weißt du, Johanna, ich habe lange gebraucht, um zu verstehen, was deine Mutter mir in ihren Briefen sagen wollte. Sie sprach von einer Musik, die ich nicht hören konnte, von einer Freiheit, die ich nicht verstand. Aber jetzt, wenn ich dir zuhöre, wenn ich deine Musik höre... da ist es, als würde ich zum ersten Mal wirklich verstehen, wovon sie sprach.«

Er drehte sich zu ihr um, Tränen glitzerten in seinen Augen, aber sein Gesicht strahlte vor Liebe. »Du hast die Gabe deiner Mutter, Johanna. Aber du hast auch etwas, das sie nie hatte - den Mut, dieser Gabe zu folgen. Nutze ihn. Geh hinaus und lass die Welt deine Musik hören.«

Johanna stand auf, ging zu ihrem Vater und umarmte ihn fest. Sie spürte seine Stärke, seine Liebe, aber auch den Schmerz des bevorstehenden Abschieds. Es war, als würden all die Jahre der stillen Trauer, der unausgesprochenen Worte zwischen ihnen in dieser Umarmung schmelzen. »Ich liebe dich, Papa« flüsterte sie, ihre Stimme erstickt von Emotionen.

»Ich liebe dich auch, mein Kind«, erwiderte Friedrich, seine Stimme rau vor Gefühl. »Und jetzt«, er löste sich sanft aus der Umarmung und blickte Johanna mit einem Gemisch aus Freude und Wehmut an, »jetzt geh und komponiere. Die Welt wartet auf deine Musik.«

Als ihr Vater gegangen war, setzte sich Johanna wieder an ihren Schreibtisch. Ihre Hände zitterten leicht, als sie den Stift ergriff, aber ihr Herz war erfüllt von einer neuen Entschlossenheit. Sie begann zu schreiben, und die Noten flossen aus ihr heraus wie ein Strom, der zu lange aufgestaut worden war.

Die Melodie, die entstand, war anders als alles, was sie je komponiert hatte. Es war eine Symphonie der Heimkehr, aber auch des Aufbruchs. Sie hörte darin das Ticken der Uhren ihres Vaters, das Rauschen des Windes in den Bergen, die wilden Improvisationen Eleonores und die unvollendeten Träume ihrer Mutter. Aber da war auch etwas Neues, eine Stimme, die endlich ihren eigenen Klang gefunden hatte.

Tage vergingen, in denen Johanna kaum ihr Zimmer verließ. Sie aß wenig, schlief noch weniger. Ihre ganze Welt bestand aus Noten, aus Klängen, die sie zu Papier bringen musste, bevor sie verblassten. Friedrich brachte ihr stumm Mahlzeiten, die oft unberührt blieben. Er verstand diese Besessenheit, diese Notwendigkeit, der Musik zu folgen, wohin auch immer sie einen führte.

Eines Nachts, als der Mond hoch am Himmel stand und sein silbriges Licht durch Johannas Fenster fiel, legte sie endlich den Stift beiseite. Erschöpft, aber mit einem Gefühl tiefer Zufriedenheit, betrachtete sie die Seiten voller Noten vor sich. Es war vollbracht. Ihre Symphonie, ihr Opus Magnum, war fertig.

Sie lehnte sich zurück, schloss die Augen und ließ die Musik in ihrem Kopf erklingen. Es war eine gewaltige Komposition, die mit dem sanften Ticken einer Uhr begann, sich langsam aufbaute zu einem tosenden Sturm von Klängen, um schließlich in einer Melodie zu enden, die so vertraut und doch so neu war wie die Berge, die ihr Dorf umgaben.

Als sie die Augen wieder öffnete, dämmerte bereits der Morgen. Johanna stand auf, streckte ihre steifen Glieder und trat ans Fenster. Die Welt draußen erwachte gerade erst, taufrisch und voller Möglichkeiten. Sie wusste, dass mit dem Ende ihrer Komposition auch ein neues Kapitel in ihrem Leben begann.

Mit zitternden Händen sammelte sie die Notenblätter ein und ging hinunter in die Werkstatt ihres Vaters. Friedrich saß bereits an seiner Werkbank, konzentriert über eine besonders komplizierte Uhr gebeugt. Als er Johanna hörte, blickte er auf, ein fragender Ausdruck in seinen Augen.

»Sie ist fertig, Papa« sagte sie leise, fast ehrfürchtig. »Meine Symphonie. Ich... ich würde sie dir gerne vorspielen.«

Friedrich nickte langsam, legte seine Werkzeuge beiseite und folgte Johanna ins Wohnzimmer, wo der alte Flügel stand, ein Erbstück ihrer Mutter. Johanna setzte sich, atmete tief durch und begann zu spielen.

Die Musik füllte den Raum, schien die Wände zu sprengen und hinauszuströmen in die Welt. Es war eine Reise durch Zeit und Raum, durch Freude und Schmerz, durch Vergangenheit und Zukunft. Friedrich saß regungslos da, seine Augen geschlossen, sein Gesicht ein Spiegel der Emotionen, die die Musik in ihm auslöste.

Als der letzte Ton verklungen war, herrschte für einen Moment absolute Stille. Dann öffnete Friedrich die Augen, und Johanna sah Tränen darin glitzern.

»Das war... wunderschön« sagte er mit belegter Stimme. »Es war, als könnte ich deine Mutter hören, und dich, und... alles, was wir sind und waren und sein könnten.«

Johanna spürte, wie ihr eigene Tränen über die Wangen liefen. »Danke, Papa« flüsterte sie. »Für alles. Für dein Verständnis, deine Unterstützung. Ohne dich hätte ich das nie schaffen können.«

Friedrich stand auf und umarmte seine Tochter fest. »Nein, mein Kind. Du hast das ganz allein geschafft. Mit deinem Talent, deiner Entschlossenheit. Ich freue mich so für dich.«

In diesem Moment wussten beide, dass eine Entscheidung gefallen war. Johanna würde gehen, würde ihre Musik in die Welt hinaustragen. Aber sie würde nie vergessen, woher sie kam, und ein Teil von ihr würde immer hier bleiben, in diesem kleinen Dorf zwischen den Bergen.

Die nächsten Tage waren ein Wirbelwind aus Vorbereitungen und Abschieden. Die Nachricht von Johannas bevorstehendem Aufbruch und ihrer vollendeten Symphonie verbreitete sich wie ein Lauffeuer im Dorf. Viele kamen, um ihr Glück zu wünschen, andere, um ihre Bedenken zu äußern. Doch alle wollten ihre Musik hören.

So kam es, dass an einem lauen Frühlingsabend das ganze Dorf sich auf dem Marktplatz versammelte. Johanna hatte ihren Flügel dorthin bringen lassen, ein surrealer Anblick inmitten der rustikalen Umgebung. Als sie zu spielen begann, verstummten alle Gespräche. Die Musik schien die Luft zu elektrisieren, den Atem der Zuhörer zu rauben.

Eleonore stand am Rand der Menge, ein verschmitztes Lächeln auf ihrem faltigen Gesicht. Sie wusste, dass sie Zeugin von etwas Außergewöhnlichem war, von der Geburt einer neuen musikalischen Ära.

Als der letzte Ton verklungen war, herrschte für einen Moment absolute Stille. Dann brach ein

Sturm des Applauses los. Menschen weinten, lachten, umarmten sich. Sie hatten in Johannas Musik ihre eigenen Geschichten gehört, ihre Freuden und Sorgen, ihre Träume und Ängste.

Inmitten des Trubels fing Johanna den Blick ihres Vaters auf. Friedrich stand etwas abseits, seine Augen voller Traurigkeit, die Johanna das Herz zerriss. Sie wusste, dass ihr Abschied ihm schwer fallen würde, aber sie wusste auch, dass er sie gehen lassen würde, weil er verstand, dass es der einzige Weg war, auf dem sie wachsen und ihre Bestimmung erfüllen konnte.

In den folgenden Tagen traf Johanna die letzten Vorbereitungen für ihre Abreise. Sie packte ihre Koffer, sortierte ihre Noten und versuchte, sich von allem zu verabschieden, was ihr in den letzten Monaten wieder so vertraut geworden war.

Am Vorabend ihrer Abreise saß sie mit ihrem Vater auf der Veranda ihres Hauses. Die Sonne ging gerade unter und tauchte die Berge in ein warmes, goldenes Licht. Sie schwiegen lange, genossen einfach die Gegenwart des anderen und die Schönheit des Moments.

Schließlich brach Friedrich das Schweigen. »Weißt du«, sagte er leise, »es wäre so schön, wenn deine Mutter dies sehen könnte. Sie hat immer davon geträumt, dass du eines Tages die Welt mit deiner Musik erobern würdest.«

Johanna lächelte unter Tränen. »Ich wünschte, sie könnte hier sein, um es zu erleben.«

Friedrich nahm ihre Hand und drückte sie sanft. »Sie ist hier, Johanna. In jeder Note, die du spielst, in jedem Lied, das du komponierst. Und sie wird immer bei dir sein, egal wohin du gehst.«

Am nächsten Morgen stand das halbe Dorf am Bahnhof, um Johanna zu verabschieden. Es war ein emotionaler Moment, voller Tränen und Umarmungen, voller guter Wünsche und Versprechen, bald zurückzukehren.

Als der Zug einfuhr, umarmte Johanna ein letztes Mal ihren Vater. »Ich liebe dich, Papa« flüsterte sie.

»Ich liebe dich auch, mein Kind«, erwiderte Friedrich. »Und nun geh. Die Welt wartet auf deine Musik.«

Mit einem letzten Blick zurück stieg Johanna in den Zug. Als er sich in Bewegung setzte, sah sie aus dem Fenster. Das Dorf, die Berge, all das, was ihr so vertraut war, begann langsam zu verschwinden. Aber in ihrem Herzen trug sie es mit sich, eine ewige Quelle der Inspiration.

In ihrer Tasche ruhten die Noten ihrer Symphonie, bereit, der Welt präsentiert zu werden. Und in ihrem Kopf formten sich bereits neue Melodien, neue Geschichten, die darauf warteten, erzählt zu werden.

Johanna lehnte sich in ihrem Sitz zurück und schloss die Augen. Sie wusste nicht genau, was die Zukunft bringen würde, aber sie war bereit dafür. Mit der Musik ihrer Mutter im Herzen, der Präzision ihres Vaters in den Fingern und ihrer eigenen, einzigartigen Stimme war sie bereit, ihren Platz in der Welt zu finden.

Der Zug beschleunigte, trug sie fort von allem, was sie kannte, hin zu neuen Horizonten. Und irgendwo, jenseits von Zeit und Raum, lächelte Elisabeth, ihre Mutter, wissend und voller Stolz. Denn in Johanna lebte ihr Traum weiter, größer und schöner, als sie es sich je hätte vorstellen können.

So endete ein Kapitel in Johannas Leben, und ein neues, aufregendes begann. Ein Kapitel voller Verheißung und Möglichkeiten, geschrieben in den Noten einer Musik, die die Welt noch nie gehört hatte. Und während der Zug durch die Landschaft rauschte, träumte sie von den großen Bühnen und den Möglichkeiten, die die Welt für sie bereithielt. Es war der Anfang einer neuen Geschichte. Ihrer Geschichte. Und sie konnte es kaum erwarten, sie der Welt zu erzählen.

INTERMEZZO

Der Zug rollte sanft in den Berliner Hauptbahnhof ein, und Johanna spürte, wie ihr Herz schneller schlug. Die vertrauten Geräusche der Großstadt – das Rauschen der vorbeifahrenden S-Bahnen, das Stimmengewirr der Reisenden und das ferne Hupen der Autos – umhüllten sie wie eine längst vergessene Melodie. Sie atmete tief durch und griff nach ihrem Geigenkoffer, der sicher neben ihr auf dem Sitz lag.

Als sie aus dem Zug stieg, wurde ihr bewusst, wie sehr sich ihr Leben in den letzten Wochen verändert hatte. Die Zeit im Alpendorf, die Nähe zu ihrem Vater und die Entdeckung ihrer Wurzeln hatten tiefe Spuren hinterlassen. Doch nun war sie zurück in Berlin, der Stadt ihrer Träume und Ambitionen.

Mit gemischten Gefühlen machte sich Johanna auf den Weg zu ihrer kleinen Wohnung in Prenzlauer Berg. Die Straßen waren voller Leben, Cafés lockten mit dem Duft frisch gebrühten Kaffees, und überall sah man Menschen, die eilig ihren Zielen entgegenstrebten. Es war eine andere Welt als die ruhige Beschaulichkeit des Alpendorfs, und für einen Moment fühlte sich Johanna wie eine Fremde in der Stadt, die sie einst ihr Zuhause genannt hatte.

In ihrer Wohnung angekommen, stellte sie ihren Koffer ab und öffnete das Fenster. Die kühle Frühlingsluft strömte herein, und mit ihr die entfernten Klänge der Stadt. Johanna schloss die Augen und ließ die Eindrücke auf sich wirken. Sie spürte eine seltsame Mischung aus Vorfreude und Wehmut. Die Erinnerungen an die Zeit im Dorf, an die langen Gespräche mit ihrem Vater und an die Momente, in denen sie die Geige ihrer Mutter gespielt hatte, waren noch so lebendig.

Doch gleichzeitig pulsierte in ihr die Energie der Großstadt, die Sehnsucht nach der Musik und der Wunsch, sich weiterzuentwickeln. Sie öffnete ihren Geigenkoffer und nahm das Instrument heraus. Die Berührung des vertrauten Holzes unter ihren Fingern gab ihr ein Gefühl von Heimat und Sicherheit. Langsam hob sie die Geige ans Kinn und begann zu spielen.

Die ersten Töne der Frühlingssonate erfüllten den Raum, doch diesmal klangen sie anders. Reicher, voller Nuancen und Emotionen, die sie vor ihrer Reise ins Alpendorf nicht gekannt hatte. Johanna spürte, wie sich die Erfahrungen der letzten Wochen in ihrer Musik widerspiegelten. Die

Kraft der Berge, die Wärme der Dorfgemeinschaft und die tiefe Verbundenheit zu ihrer Familie – all das floss in ihr Spiel ein und verlieh ihm eine neue Tiefe.

Als die letzten Töne verklangen, wusste Johanna, dass sie bereit war für den nächsten Schritt ihrer musikalischen Reise. Mit neuem Selbstvertrauen und einer erweiterten Perspektive würde sie an die Musikhochschule zurückkehren.

Am nächsten Morgen betrat Johanna mit klopfendem Herzen das imposante Gebäude der Hochschule für Musik Hanns Eisler. Die hohen Decken und die langen Flure, in denen leise Musikfetzen aus den Übungsräumen drangen, waren ihr so vertraut und doch fremd zugleich. Sie spürte die neugierigen Blicke ihrer Kommilitonen, als sie den Korridor entlangging.

»Johanna! Du bist zurück!« Die vertraute Stimme von Marc, ihrem besten Freund an der Hochschule, ließ sie innehalten. Er kam mit einem breiten Lächeln auf sie zu und umarmte sie herzlich. »Wir haben dich vermisst. Wie war es in den Bergen?«

Johanna lächelte zurück, unsicher, wie sie die Fülle ihrer Erfahrungen in Worte fassen sollte. »Es war… anders. Intensiv. Ich habe viel gelernt, nicht nur über Musik, sondern auch über mich selbst.«

Marc musterte sie aufmerksam. »Man sieht es dir an. Du wirkst irgendwie… geerdet. Aber erzähl, was hat dich denn so lange dort gehalten?«

Bevor Johanna antworten konnte, wurden sie von der strengen Stimme von Maestro Bronstein unterbrochen. »Ah, Frau Dryander. Schön, dass Sie sich entschieden haben, zu uns zurückzukehren. Ich hoffe, Ihr… Ausflug war ergiebig?«

Johanna spürte, wie sich ihr Rücken unwillkürlich straffte. »Ja, Maestro. Es war eine sehr lehrreiche Zeit.«

Bronstein hob eine Augenbraue. »Das werden wir ja sehen. Ich erwarte Sie in einer Stunde in meinem Büro. Wir haben einiges aufzuholen.«

Als der Maestro sich entfernt hatte, stieß Marc einen leisen Pfiff aus. »Er scheint nicht gerade begeistert von deiner Auszeit zu sein. Aber mach dir keine Sorgen, du wirst ihn schon überzeugen.«

Johanna nickte, plötzlich von Zweifeln geplagt. Würde sie die hohen Erwartungen erfüllen können? Hatte ihre Zeit im Dorf sie wirklich weitergebracht oder hatte sie wertvolle Übungszeit verloren?

Die Stunde verging wie im Flug, und bald fand sich Johanna vor der schweren Eichentür von Maestro Bronsteins Büro wieder. Sie klopfte zaghaft und trat ein, als sie seine barsche Aufforderung hörte.

Bronstein saß hinter seinem massiven Schreibtisch, umgeben von Partituren und Büchern. Sein durchdringender Blick fixierte Johanna, als sie sich setzte. »Nun, Frau Dryander, erzählen Sie. Was hat Sie so lange in diesem… Dorf gehalten?«

Johanna holte tief Luft und begann zu erzählen. Von der Krankheit ihres Vaters, von der Entdeckung der Geige ihrer Mutter und von den Momenten, in denen sie zum ersten Mal wirklich verstanden hatte, was es bedeutete, Musik zu fühlen und nicht nur zu spielen.

Bronstein hörte schweigend zu, sein Gesicht eine undurchdringliche Maske. Als Johanna geendet hatte, lehnte er sich in seinem Stuhl zurück und faltete die Hände. »Interessant. Aber Gefühle allein machen noch keine große Musikerin. Zeigen Sie mir, was Sie gelernt haben. Spielen Sie.«

Mit zitternden Händen packte Johanna ihre Geige aus. Sie schloss kurz die Augen, erinnerte sich an den Klang des Windes in den Bergen, an das Lachen der Dorfkinder und an die warmen Worte ihres Vaters. Dann begann sie zu spielen.

Die Melodie der Frühlingssonate erfüllte den Raum, aber es war nicht die gleiche Interpretation, die sie vor ihrer Abreise gespielt hatte. Die Noten waren mit einer neuen Tiefe und Ausdruckskraft erfüllt, die von ihren Erfahrungen und Erkenntnissen zeugten. Johanna verlor sich in der Musik, vergaß den strengen Blick des Maestros und ließ ihre Seele durch die Geige sprechen.

Als der letzte Ton verklungen war, öffnete sie langsam die Augen. Bronstein saß regungslos da, sein Gesicht unlesbar. Nach einer scheinbar endlosen Pause räusperte er sich. »Nun, Frau Dryander, es scheint, als hätten Sie tatsächlich etwas gelernt. Ihre Technik ist immer noch verbesserungswürdig, aber Ihr Ausdruck… Er hat sich verändert. Vertieft. Es ist, als würden Sie jetzt nicht nur mit den Fingern, sondern mit dem Herzen spielen.«

Johanna spürte, wie sich eine Welle der Erleichterung über sie ergoss. »Danke, Maestro.«

Bronstein nickte knapp. »Lassen Sie uns keine Zeit verschwenden. Wir haben viel aufzuholen. Ich erwarte Sie morgen früh um acht Uhr zum Einzelunterricht. Und Frau Dryander? Vergessen Sie nicht, dass wahre Größe aus der perfekten Balance zwischen Technik und Gefühl entsteht. Sie haben einen Schritt in die richtige Richtung gemacht, aber der Weg ist noch lang.«

Mit diesen Worten war Johanna entlassen. Als sie das Büro verließ, fühlte sie sich gleichzeitig erschöpft und euphorisch. Sie hatte die erste Hürde genommen, aber sie wusste, dass die wahren Herausforderungen noch vor ihr lagen.

Die nächsten Wochen vergingen wie im Flug. Johanna stürzte sich mit neuem Eifer in ihre Studien, getrieben von dem Wunsch, das Beste aus beiden Welten zu vereinen – die technische Perfektion, die die Hochschule forderte, und die emotionale Tiefe, die sie im Dorf entdeckt hatte. Sie übte ohne Unterlass in ihrer kleinen Großstadtwohnung. Aber je mehr sie übte, desto mehr spürte sie den Druck, der auf ihren Schultern lastete. War sie wirklich auf dem richtigen Weg?

Johanna ließ den Bogen sinken. Die Töne klangen noch in der Stille des kleinen Wohnzimmers nach, doch sie selbst fühlte nichts als Frustration. Ihre Finger schmerzten, ihr Atem ging flach. Heute hatte nichts gestimmt – nicht die Intonation, nicht die Phrasierung, nicht die Energie.

Sie presste die Lippen aufeinander und legte die Geige vorsichtig auf den Stuhl neben sich. Die Konkurrenz an der Hochschule war erdrückend. Jeder Tag war ein Kampf, jeder Auftritt eine Prüfung. Und doch ... war das nicht ihr Traum gewesen?

Ihre Gedanken wanderten zurück in ihr Heimatdorf, zu der Werkstatt ihres Vaters, zu den schneebedeckten Gipfeln. Dort hatte sie gespielt, weil es ihr Herz verlangte. Hier spielte sie, weil sie es musste.

Ihre Tage waren gefüllt mit intensiven Übungsstunden, theoretischen Kursen und Einzelunterricht bei Maestro Bronstein. Die Unterrichtsstunden mit dem Maestro waren anspruchsvoll und oft erschöpfend. Bronstein forderte von ihr nicht nur technische Perfektion, sondern auch eine tiefere Auseinandersetzung mit den Werken, die sie spielte.

»Frau Dryander,« sagte er eines Tages, während sie an einer besonders schwierigen Passage arbeiteten, »Sie müssen nicht nur die Noten spielen, Sie müssen sie leben. Jede Note, jede Pause hat eine Geschichte zu erzählen. Finden Sie diese Geschichte und lassen Sie sie durch Ihre Musik sprechen.«

Diese Worte hallten in Johanna nach, während sie Stunde um Stunde übte. Sie begann, in jeder Komposition nach der verborgenen Geschichte zu suchen, versuchte, die Emotionen und Gedanken des Komponisten nachzuempfinden und in ihr Spiel einfließen zu lassen.

An einem Nachmittag, als Johanna gerade eine Pause von ihren Übungen machte, traf sie auf Professor Schumann, einen älteren Dozenten für Musikgeschichte. Er lächelte ihr freundlich zu und fragte: »Nun, Frau Dryander, wie fühlt es sich an, wieder zurück zu sein?«

Johanna zögerte einen Moment. »Es ist… anders, als ich erwartet hatte, Professor. Ich fühle mich manchmal, als würde ich zwischen zwei Welten stehen.«

Professor Schumann nickte verständnisvoll. »Wissen Sie, die größten Musiker der Geschichte waren oft diejenigen, die es verstanden, verschiedene Welten zu verbinden. Denken Sie an Bach, der die strenge Kontrapunktik mit tiefer Spiritualität verband, oder an Beethoven, der klassische Formen mit revolutionärem Geist füllte.«

Diese Worte gaben Johanna neuen Mut. Sie begann, ihre Erfahrungen im Dorf nicht mehr als Hindernis, sondern als Bereicherung zu sehen. In den Theoriestunden brachte sie nun oft Perspektiven ein, die von ihrer Zeit in den Bergen inspiriert waren, und verknüpfte sie mit dem akademischen Wissen, das sie an der Hochschule erwarb.

Abends traf sie sich oft mit Marc und anderen Kommilitonen in kleinen Cafés, wo sie über Musik, Kunst und das Leben diskutierten. Diese Gespräche waren für Johanna eine willkommene Abwechslung und eine Quelle der Inspiration. Sie lauschte den Erfahrungen und Ansichten ihrer Freunde und teilte ihre eigenen Erkenntnisse aus ihrer Zeit im Dorf.

An einem lauen Frühlingsabend saßen sie in einem kleinen Hinterhofgarten, umgeben vom Duft blühender Linden. Marc nippte an seinem Kaffee und sah Johanna nachdenklich an. »Weißt du, seit du zurück bist, hat sich etwas an dir verändert. Dein Spiel… es klingt irgendwie… reifer.«

Johanna lächelte. »Ich glaube, ich habe gelernt, dass Musik mehr ist als nur Noten auf einem Blatt Papier. Es geht darum, Geschichten zu erzählen, Gefühle zu transportieren.«

Ein anderer Kommilitone, Michael, mischte sich ein. »Aber ist es nicht gerade die technische Perfektion, die uns von Amateuren unterscheidet? Ich meine, Gefühle sind schön und gut, aber am Ende zählt doch die Präzision.«

Diese Bemerkung löste eine lebhafte Diskussion aus. Johanna hörte aufmerksam zu, wie ihre Freunde ihre verschiedenen Ansichten austauschten. Sie erkannte, dass jeder von ihnen einen wertvollen Aspekt der Musik beleuchtete – die technische Brillanz, die emotionale Tiefe, die intellektuelle Herausforderung.

Als sie später am Abend nach Hause ging, fühlte sich Johanna erfüllt und gleichzeitig nachdenklich. Die Gespräche mit ihren Freunden hatten ihr eine neue Perspektive eröffnet. Sie begann zu verstehen, dass ihre Aufgabe als Musikerin darin bestand, all diese Aspekte zu vereinen – die Präzision der Stadt mit der Seele des Dorfes.

In den folgenden Tagen experimentierte Johanna mit neuen Interpretationen klassischer Stücke. Sie versuchte, die technische Präzision, die sie an der Hochschule gelernt hatte, mit der emotionalen Tiefe zu verbinden, die sie im Dorf entdeckt hatte. Es war nicht immer einfach, und oft fühlte sie sich frustriert, wenn es ihr nicht gelang, die richtige Balance zu finden.

Eines Tages, als sie gerade an einer besonders schwierigen Passage arbeitete, klopfte es an der Tür ihres Übungsraums. Es war Lisa, eine Mitstudentin, die Johanna bisher nur flüchtig kannte. Lisa sah blass und niedergeschlagen aus, ihre sonst so flinken Finger zitterten leicht.

»Hey Lisa, alles in Ordnung?« fragte Johanna besorgt.

Lisa zuckte zusammen, als hätte sie Johanna nicht bemerkt. »Oh, hi Johanna. Ja, alles gut. Ich… ich übe nur für das Vorspiel nächste Woche. Es will einfach nicht klappen.«

Johanna erkannte in Lisas Augen die gleiche Verzweiflung, die sie selbst oft genug verspürt hatte. »Möchtest du darüber reden? Vielleicht kann ich dir helfen.«

Zögernd nickte Lisa, und die beiden Frauen fanden einen ruhigen Platz im Innenhof der Hochschule. Dort, umgeben von alten Bäumen und dem leisen Plätschern eines Brunnens, öffnete sich Lisa.

»Ich liebe die Musik, Johanna. Wirklich. Aber manchmal fühle ich mich hier so… verloren. Als würde ich nur funktionieren, aber nicht wirklich leben. Verstehst du?«

Johanna nickte mitfühlend. »Ich kenne dieses Gefühl nur zu gut. Weißt du, bevor ich ins Dorf fuhr, ging es mir ähnlich. Ich hatte das Gefühl, nur noch eine Maschine zu sein, die Noten produziert.«

Lisa sah sie neugierig an. »Und was hat sich geändert?«

Johanna lächelte und begann zu erzählen. Von den Momenten der Stille in den Bergen, von den Gesprächen mit ihrem Vater und von der Erkenntnis, dass wahre Musik aus dem Leben selbst entsteht. Sie sprach von der Wichtigkeit, einen Ausgleich zu finden, sich Zeit für sich selbst zu nehmen und die Musik nicht nur zu spielen, sondern zu leben.

Als sie geendet hatte, sah Lisa sie mit großen Augen an. »Das klingt wundervoll. Aber wie soll ich das hier in Berlin umsetzen? Ich kann ja schlecht in die Berge ziehen.«

Johanna lachte. »Das musst du auch nicht. Fang mit kleinen Dingen an. Geh spazieren, beobachte die Menschen um dich herum, höre auf die Geräusche der Stadt. Finde deine eigene innere Melodie und lass sie in dein Spiel einfließen.«

In den folgenden Tagen trafen sich Johanna und Lisa regelmäßig. Gemeinsam erkundeten sie versteckte Winkel Berlins, lauschten Straßenmusikern und diskutierten über ihre Lieblingskompositionen. Johanna spürte, wie Lisa langsam aufblühte, wie ihre Musik lebendiger und ausdrucksstärker wurde.

Eines Abends, als sie gemeinsam in einem kleinen Park saßen und den Sonnenuntergang beobachteten, sagte Lisa leise: »Danke, Johanna. Du hast mir geholfen, die Musik wieder zu fühlen, nicht nur zu spielen.«

Johanna lächelte, gerührt von der Aufrichtigkeit in Lisas Stimme. »Das freut mich. Weißt du, manchmal müssen wir uns daran erinnern, warum wir überhaupt angefangen haben, Musik zu machen. Es geht nicht nur um Perfektion, sondern darum, etwas auszudrücken, das tiefer geht als Worte.«

Während Johanna Lisa half, ihre Leidenschaft wiederzuentdecken, merkte sie, wie sehr sie selbst von dieser Erfahrung profitierte. Die Gespräche mit Lisa erinnerten sie immer wieder daran, was sie im

Dorf gelernt hatte, und halfen ihr, diese Erkenntnisse in ihren Alltag in Berlin zu integrieren.

Die Wochen vergingen, und Johanna spürte, wie sie langsam aber sicher zu einer Synthese fand zwischen der technischen Präzision, die die Hochschule von ihr forderte, und der emotionalen Tiefe, die sie im Dorf entdeckt hatte. Ihr Spiel gewann an Ausdruckskraft und Nuancenreichtum, ohne dabei an technischer Brillanz zu verlieren.

Maestro Bronstein bemerkte diese Entwicklung mit wachsendem Interesse. Nach einer besonders gelungenen Unterrichtsstunde hielt er Johanna zurück. »Frau Dryander, ich muss gestehen, ich war skeptisch, als Sie von Ihrer… Auszeit zurückkehrten. Aber ich sehe nun, dass Sie etwas Wertvolles mitgebracht haben. Etwas, das man nicht in Büchern lernen kann.«

Johanna war überrascht von diesem unerwarteten Lob. »Danke, Maestro. Ich versuche, das Beste aus beiden Welten zu vereinen.«

Bronstein nickte nachdenklich. »Das ist der Weg eines wahren Künstlers. Vergessen Sie nie: Große Musik entsteht dort, wo Technik und Seele sich die Hand reichen.«

Diese Worte bestärkten Johanna in ihrem Weg. Sie fühlte, dass sie auf dem richtigen Pfad war, auch wenn er manchmal steinig und steil erschien.

Doch trotz all der positiven Entwicklungen spürte Johanna eine wachsende Unruhe in sich. Die regelmäßigen Anrufe ihres Vaters, in denen er versuchte, seine zunehmende Erschöpfung zu verbergen, nagten an ihr. Sie wusste, dass es ihm schlechter ging, auch wenn er es nicht zugeben wollte.

Eines Abends, als sie gerade von einer intensiven Probe zurückkehrte, klingelte ihr Telefon. Es war ihr Vater. Seine Stimme klang schwächer als sonst, und Johanna spürte sofort, dass etwas nicht stimmte.

»Papa? Ist alles in Ordnung?« fragte sie besorgt.

»Ach, Johanna,« kam die müde Antwort. »Mach dir keine Sorgen. Ich bin nur ein bisschen erschöpft. Die Arbeit in der Werkstatt, du weißt schon...«

Johanna hörte das Unausgesprochene in seiner Stimme. Die Sorge um ihren Vater, die sie die letzten Wochen erfolgreich verdrängt hatte, brach mit voller Wucht über sie herein.

»Papa, bist du sicher, dass du nicht zum Arzt gehen solltest? Vielleicht sollte ich für ein paar Tage nach Hause kommen...«

»Nein, nein,« unterbrach er sie hastig. »Du hast dort in Berlin so viel zu tun. Konzentriere dich auf deine Musik. Ich komme schon zurecht.«

Nach dem Gespräch stand Johanna lange am Fenster und blickte auf die nächtliche Skyline Berlins. Die Lichter der Stadt schienen plötzlich kalt und fern. Sie fühlte sich zerrissen zwischen ihrer Verantwortung hier in Berlin und der Sorge um ihren Vater.

In den folgenden Tagen fiel es Johanna schwer, sich auf ihre Studien zu konzentrieren. Die Sorge um ihren Vater nagte ständig an ihr, und sie ertappte sich dabei, wie ihre Gedanken immer wieder zu den Bergen und dem kleinen Dorf abschweiften.

Während einer Unterrichtsstunde mit Maestro Bronstein spielte sie eine Passage besonders unkonzentriert. Bronstein unterbrach sie abrupt. »Frau Dryander, wo sind Sie heute mit Ihren Gedanken? Das ist nicht die Musikerin, die ich kenne.«

Johanna senkte beschämt den Blick. »Entschuldigung, Maestro. Ich… ich habe einiges im Kopf.«

Bronstein musterte sie aufmerksam. »Ist es Ihr Vater?«

Überrascht von seiner Einsicht nickte Johanna. »Ja, ich mache mir Sorgen um ihn. Er klingt in letzter Zeit so müde, so… anders.«

Der Maestro schwieg einen Moment, dann sagte er mit ungewohnter Sanftheit: »Wissen Sie, Frau Dryander, manchmal müssen wir in der Musik wie im Leben Pausen einlegen. Diese Pausen sind genauso wichtig wie die Noten selbst. Sie geben uns Zeit zum Atmen, zum Nachdenken, zum Fühlen.«

Johanna sah ihn fragend an, unsicher, worauf er hinauswollte.

»Was ich damit sagen will,« fuhr Bronstein fort, »ist, dass es Momente im Leben gibt, in denen wir innehalten müssen. Vielleicht ist jetzt so ein Moment für Sie gekommen.«

Diese Worte trafen Johanna tief. Sie spürte, wie sich etwas in ihr löste, eine Spannung, die sie lange nicht wahrgenommen hatte.

An einem Donnerstagabend, kurz vor einem wichtigen Vorspiel, erhielt Johanna einen Anruf von der Nachbarin ihres Vaters. Friedrich Dryander war zusammengebrochen und ins Krankenhaus eingeliefert worden. Die Ärzte waren besorgt.

Johanna fühlte, wie sich ihr Herz zusammenzog. Die Worte der Nachbarin hallten in ihrem Kopf wider, während sie wie betäubt in ihrer Wohnung stand, die Geige vergessen in der Hand. Die Welt um sie herum schien plötzlich unwirklich, die Geräusche der Stadt gedämpft und fern.

In diesem Moment wurde ihr klar, dass sie eine Entscheidung treffen musste. Das Vorspiel, auf das sie sich so lange vorbereitet hatte, die Erwartungen von Maestro Bronstein, ihre Ambitionen in Berlin

– all das schien plötzlich klein und unbedeutend im Vergleich zu der Sorge um ihren Vater.

Mit zitternden Händen wählte sie die Nummer von Maestro Bronstein. Als seine strenge Stimme erklang, atmete Johanna tief durch und sagte mit fester Stimme: »Maestro, es tut mir leid, aber ich muss zurück ins Dorf. Mein Vater… er braucht mich.«

Es folgte eine lange Pause, in der Johanna das Pochen ihres eigenen Herzens hören konnte. Schließlich antwortete Bronstein, seine Stimme ungewöhnlich sanft: »Ich verstehe, Frau Dryander. Familie ist wichtig. Gehen Sie, und kommen Sie zurück, wenn Sie bereit sind. Die Musik wird auf Sie warten.«

Erleichtert und gleichzeitig von Schuldgefühlen geplagt, begann Johanna hastig zu packen. Während sie ihre Sachen zusammensuchte, fiel ihr Blick auf die Geige ihrer Mutter, die sie aus dem Dorf mitgebracht hatte. Sie hielt inne und strich sanft über das glatte Holz.

In diesem Moment wurde ihr bewusst, dass dies kein Ende war, sondern ein neuer Anfang. Die Erfahrungen, die sie in Berlin gesammelt hatte, die Freundschaften, die sie geschlossen hatte, und die Musik, die sie in sich trug – all das würde sie mitnehmen. Und vielleicht, so dachte sie, war es genau das, was ihr Vater jetzt brauchte: die Kraft der Musik, die Verbindung zwischen Vergangenheit und Gegenwart, zwischen Klassik und Moderne.

Mit einem letzten Blick auf die nächtliche Skyline Berlins schloss Johanna ihre Tasche. Sie wusste nicht, was sie im Dorf erwarten würde oder wie lange sie bleiben würde. Aber sie war bereit, sich dieser neuen Herausforderung zu stellen, mit der Musik als ihrer ständigen Begleiterin.

Als sie am nächsten Morgen in den Zug stieg, der sie zurück in die Berge bringen würde, spürte Johanna eine seltsame Mischung aus Trauer und Vorfreude. Berlin hatte ihr so viel gegeben, hatte sie wachsen und reifen lassen. Doch jetzt rief sie eine andere Pflicht, eine andere Art von Musik.

Während der Zug die Stadt verließ und die Landschaft sich allmählich veränderte, schloss Johanna die Augen und ließ die Ereignisse der letzten Wochen Revue passieren. Sie dachte an die intensiven Übungsstunden, an die Gespräche mit Lisa, an die strengen aber lehrreichen Unterrichtsstunden bei Maestro Bronstein. All diese Erfahrungen hatten sie geprägt und würden Teil ihrer Musik bleiben, egal wo sie spielte.

Mit jedem Kilometer, den der Zug zurücklegte, spürte Johanna, wie sich etwas in ihr veränderte. Die hektische Energie der Großstadt wich einer ruhigeren, tieferen Kraft. Sie wusste, dass die kommenden Tage und Wochen nicht einfach sein würden. Die Sorge um ihren Vater lastete schwer auf ihr. Doch gleichzeitig fühlte sie sich gestärkt durch alles, was sie gelernt und erlebt hatte.

Als die ersten Berggipfel am Horizont auftauchten, griff Johanna nach ihrer Geige. Leise, fast unhörbar für die anderen Passagiere, begann sie zu spielen. Es war keine bestimmte Melodie, sondern ein Fluss von Tönen, der all ihre Gefühle, Träume und Ängste in sich vereinte. In diesem Moment, irgendwo zwischen Berlin und dem Alpendorf, zwischen Vergangenheit und Zukunft, fand Johanna zu sich selbst.

Die Musik, die sie spielte, war weder städtisch noch ländlich, weder modern noch traditionell. Es war ihre ganz eigene Melodie, eine Brücke zwischen den Welten, die sie in sich vereinte. Und während der Zug weiter durch die sich verändernde Landschaft fuhr, wusste Johanna, dass sie bereit war für das nächste Kapitel ihrer Reise – was auch immer es bringen mochte.

CRESCENDO

Der Frühling hielt Einzug ins Tal, ein zartes Erwachen nach dem langen Winterschlaf. Zarte Knospen brachen aus den Zweigen hervor, und das erste scheue Grün wagte sich aus der noch kühlen Erde. Die Luft war erfüllt vom süßen Duft blühender Obstbäume und dem fröhlichen Gezwitscher zurückkehrender Vögel. Doch während die Natur zu neuem Leben erwachte, schien das Dorf in einer seltsamen Starre gefangen.

Johanna stand am Fenster ihres Zimmers und beobachtete, wie die Morgensonne die Berggipfel in goldenes Licht tauchte. Ihre Finger trommelten einen unsteten Rhythmus gegen das Fensterbrett, eine nervöse Energie, die sie nicht zu bändigen vermochte. Im Hintergrund tickte unerbittlich die alte Standuhr, ein stetiger Puls, der die verstreichende Zeit markierte. Jedes Ticken schien ihr zuzurufen: »Die Zeit verrinnt, die Zeit verrinnt.«

Sie schloss die Augen und versuchte, die Geräusche des erwachenden Dorfes in sich aufzunehmen. Das ferne Muhen einer Kuh, das Krähen eines

Hahns, das leise Klappern von Milchkannen - all diese vertrauten Klänge vermischten sich in ihrem Kopf zu einer Melodie, einem Lied des Alltags, das sie ihr ganzes Leben lang begleitet hatte. Doch nun schien es ihr fremd, als gehöre sie nicht mehr dazu.

Unten in der Werkstatt hörte sie ihren Vater husten, ein raues, beunruhigendes Geräusch, das ihr einen Stich ins Herz versetzte. Friedrich hatte in den letzten Wochen rapide abgebaut. Seine einst so sicheren Hände zitterten nun oft, und dunkle Schatten lagen unter seinen Augen. Johanna spürte, wie sich Sorge und Schuldgefühle in ihr Innerstes fraßen. War sie zu sehr mit ihrer Musik beschäftigt gewesen, um die schleichende Verschlechterung seines Zustands zu bemerken?

Mit einem leisen Seufzen wandte sie sich vom Fenster ab und ließ ihren Blick über die chaotische Ansammlung von Notenblättern schweifen, die ihren Schreibtisch bedeckten. Ihre »Frühlingssonate« nahm langsam Gestalt an, eine komplexe Komposition, die das Erwachen der Natur und die Turbulenzen in ihrem eigenen Leben widerspiegelte. Doch je mehr sie daran arbeitete, desto mehr hatte sie das Gefühl, dass etwas fehlte - ein zentrales Thema, das alles zusammenhielt.

Sie setzte sich an den Schreibtisch und griff nach ihrem Stift. Die Melodie in ihrem Kopf drängte danach, zu Papier gebracht zu werden. Doch kaum hatte sie die ersten Noten geschrieben, unterbrach sie ein erneuter Hustenanfall ihres Vaters. Johanna zögerte, den Stift noch in der Hand. Sollte sie nach ihm sehen? Ihre Pflicht als Tochter rang mit ihrem Drang zu komponieren.

Für einen Moment schloss sie die Augen, versuchte, die widerstreitenden Gefühle in sich zu ordnen. Sie dachte an die Worte ihrer Mutter in den alten Briefen, an die Zerrissenheit, die Elisabeth zwischen ihrer Liebe zur Familie und ihrer Leidenschaft für die Musik empfunden hatte. War sie nun dazu verdammt, denselben Konflikt durchzustehen?

Schließlich siegte die Sorge um ihren Vater. Sie legte den Stift beiseite und ging hinunter in die Werkstatt. Friedrich saß gebeugt über seiner Werkbank, die Schultern bebend von einem weiteren Hustenanfall. Der Anblick zerriss Johanna das Herz. Wo war der starke, vitale Mann geblieben, der ihr in ihrer Kindheit die Geheimnisse der Uhrmacherkunst beigebracht hatte?

»Papa?«, fragte Johanna leise, ihre Stimme zitterte leicht. »Geht es dir gut? Soll ich den Arzt holen?«

Friedrich winkte ab, sein Gesicht gerötet von der Anstrengung. »Nein, nein. Es ist nichts. Nur der

Frühlingsstaub, der mir in die Kehle geraten ist.« Er versuchte zu lächeln, doch es wirkte gequält. »Du solltest nicht hier unten sein, Johanna. Geh zurück zu deiner Musik. Ich habe dich spielen hören - es klingt wundervoll.«

Johanna trat näher, legte sanft eine Hand auf die Schulter ihres Vaters. Sie spürte, wie dünn er geworden war, wie zerbrechlich er wirkte. Die Schuld, die sie empfand, drohte sie zu überwältigen. »Papa, bitte. Du musst dich schonen. Lass mich dir helfen.«

Friedrich sah zu ihr auf, ein müdes Lächeln auf seinen Lippen. Seine Augen, einst so scharf und klar, wirkten nun trüb und eingefallen. »Du hilfst mir am meisten, wenn du deiner Musik nachgehst, Johanna. Ich höre dich spielen, weißt du? Es ist, als würde die Sonne aufgehen, jedes Mal wenn du deine Geige zur Hand nimmst.«

Johanna schluckte schwer, Tränen brannten in ihren Augen. Sie wollte protestieren, wollte ihrem Vater sagen, dass nichts wichtiger war als seine Gesundheit. Doch sie erkannte den entschlossenen Ausdruck in seinen Augen. Es war derselbe Blick, den er hatte, wenn er an einer besonders komplizierten Uhr arbeitete. Sie wusste, dass es sinnlos war, mit ihm zu diskutieren.

»Zumindest lass mich dir einen Tee machen« sagte sie schließlich. »Und vielleicht solltest du dich ein wenig hinlegen. Die Uhren können warten.«

Friedrich nickte widerwillig. Er ließ zu, dass Johanna ihm aufhalf und ihn ins Wohnzimmer führte. Als sie ihn in seinen Sessel setzte, fiel ihr auf, wie leicht er geworden war. Es war, als würde er unter ihren Händen verschwinden.

Während sie in der Küche den Tee zubereitete, ließ Johanna ihren Blick durch das Fenster schweifen. Der Garten, einst die Freude ihrer Mutter, war in den letzten Monaten verwildert. Unkraut wucherte zwischen den Blumenbeeten, und die Rosenbüsche, die Elisabeth so geliebt hatte, waren ungepflegt und dornig. Es war, als würde das Haus selbst die Abwesenheit ihrer Mutter betrauern.

Mit dem dampfenden Tee kehrte Johanna ins Wohnzimmer zurück. Friedrich war in seinem Sessel eingenickt, sein Atem ging schwer und rasselnd. Vorsichtig stellte sie die Tasse auf den Beistelltisch und deckte ihren Vater mit einer Wolldecke zu. Dann setzte sie sich ihm gegenüber und beobachtete ihn, während er schlief.

In diesem Moment wurde ihr die volle Tragweite ihrer Situation bewusst. Sie war hin- und hergerissen zwischen ihrer Verantwortung für ihren Vater und ihrem Drang, ihre Musik zu verfolgen. Es war, als stünde sie an einer Weggabelung, unfähig zu entscheiden, welchen Pfad sie einschlagen sollte.

Mit schwerem Herzen kehrte sie in ihr Zimmer zurück. Sie setzte sich wieder an ihren Schreibtisch, doch die Inspiration war verflogen. Stattdessen starrte sie auf die halbfertigen Noten, während in ihrem Kopf die Sorge um ihren Vater und die Melodien ihrer Sonate um die Vorherrschaft kämpften.

Die Tage zogen sich dahin, ein Wechselspiel aus intensiver Arbeit an ihrer Komposition und Momenten der Ungewissheit. Johanna verlor sich oft stundenlang in ihrer Musik, tauchte ein in eine Welt aus Klängen und Harmonien, nur um dann, wenn sie wieder auftauchte, von der Realität eingeholt zu werden.

Eines Morgens, als sie gerade dabei war, eine besonders komplizierte Passage zu überarbeiten, hörte sie Stimmen von der Straße heraufdringen. Neugierig trat sie ans Fenster und sah eine Gruppe von Dorfbewohnern, die sich angeregt unterhielten. Ihre Blicke wanderten immer wieder zu Johannas Fenster hinauf, ihre Mienen waren von einer Mischung aus Interesse und leiser Bewunderung geprägt.

»Hast du gehört, wie sie spielt?«, flüsterte jemand.

»Es klingt ganz anders als früher« murmelte eine ältere Frau. »Fast … als würde sie uns eine Geschichte erzählen.«

»Ich frage mich, ob sie es irgendwann für uns spielen wird.«

Johanna schluckte. Sie hatte geglaubt, das Dorf würde ihre Musik nicht verstehen, aber nun spürte sie eine andere Energie – eine vorsichtige Neugier, eine leise Faszination.

Später an diesem Tag, als sie zum Bäcker ging, begegnete sie Frau Huber. Die alte Dame musterte sie neugierig.

»Johanna«, begann sie schließlich, »du spielst also noch immer? Ich habe dich neulich gehört … diese Melodien, sie sind eigenartig, aber sie haben etwas. Fast so, als könnte man darin den Wind in den Bergen hören.«

Johanna blinzelte überrascht. Das war fast ein Kompliment.

»Danke, Frau Huber« sagte sie vorsichtig. »Ich arbeite an einer neuen Komposition. Einer neuen Frühlingssonate. Sie soll das Erwachen der Natur in Musik fassen.«

Die alte Dame nickte langsam. »Frühling ist Veränderung. Und Veränderung ist nicht immer schlecht.«

Johanna spürte, wie sich eine Spannung löste, von der sie nicht einmal gewusst hatte, dass sie sie in sich trug. Vielleicht war ihre Musik nicht so fehl am Platz, wie sie gedacht hatte.

Thomas lehnte an der alten Steinmauer am Marktplatz und beobachtete Johanna aus der Ferne. Sie bewegte sich durch das Dorf, als wäre sie nie fort gewesen, und doch war sie nicht mehr dieselbe.

Er wusste nicht, was ihn mehr störte – die Art, wie sie sich verändert hatte, oder die Tatsache, dass er sich immer noch nach ihr sehnte, obwohl er längst hätte loslassen sollen.

»Du starrst« sagte eine Stimme neben ihm. Es war Jonas, der Schmied.

Thomas riss den Blick von Johanna los. »Unsinn.«

Jonas grinste. »Jeder hier weiß, dass du was von ihr willst.«

»Wollte« korrigierte Thomas, aber selbst er hörte die Unsicherheit in seiner Stimme.

Jonas klopfte ihm auf die Schulter. »Manche Dinge ändern sich eben nie.«

Thomas seufzte. Nein, manche Dinge änderten sich wirklich nie. Und Johanna würde für ihn immer etwas Besonderes bleiben – ob sie es wüsste oder nicht.

»Thomas!«, sagte Johanna überrascht.

Er lächelte. »Schön dich zu sehen. Ich habe dich gehört. Deine Musik … sie klingt nach mehr als nur Noten. Ich würde sie gerne einmal richtig hören.«

Johanna spürte eine unerwartete Wärme in seiner Stimme. »Vielleicht … vielleicht könntest du heute Abend vorbeikommen? Ich könnte dir zeigen, woran ich arbeite.«

Seine Augen leuchteten auf. »Gerne! Ich bringe auch etwas Brot und Käse mit. Du siehst aus, als könntest du eine anständige Mahlzeit gebrauchen.«

Johanna lachte leise. Zum ersten Mal seit Tagen fühlte sie sich ein wenig leichter.

Doch als sie nach Hause kam, verflog ihre gute Laune schnell.

Sie fand ihren Vater zusammengekauert in seinem Sessel, das Gesicht aschfahl, der Atem rasselnd. Panik ergriff sie.

»Papa!«, rief sie und eilte zu ihm. »Papa, was ist los? Soll ich den Arzt holen?«

Friedrich öffnete mühsam die Augen. Seine Lippen bewegten sich, doch kein Laut kam heraus. Johanna kniete sich neben ihn, nahm seine Hand in ihre. Sie war kalt und feucht.

»Papa, bitte«, flehte sie. »Sag etwas. Soll ich Hilfe holen?«

Friedrich schüttelte schwach den Kopf. »Nein«, brachte er schließlich hervor, seine Stimme kaum mehr als ein Flüstern. »Es geht schon. Ich brauche nur etwas Ruhe.«

Johanna biss sich auf die Lippe. Sie wusste, dass es mehr war als nur Müdigkeit.

Friedrichs Blick wanderte zur Geige, die in ihrem offenen Kasten lag.

»Spiel mir etwas vor«, sagte er leise. »Deine Musik … sie gibt mir Kraft.«

Johanna zögerte. Sie wollte protestieren, doch der flehende Blick in seinen Augen ließ sie verstummen. Mit einem unterdrückten Seufzer holte sie ihre Geige.

Sie begann zu spielen, leise zuerst, dann mit wachsender Intensität. Es war der Teil ihrer Frühlingssonate, der den Kampf des jungen Grüns gegen den letzten Frost beschrieb. Die Melodie wogte und brandete, mal zart und hoffnungsvoll, dann wieder wild und trotzig.

Als sie endete, lag ein schwaches Lächeln auf Friedrichs Lippen.

»Das war wunderschön, mein Kind«, sagte er leise. »Du hast so viel von deiner Mutter in dir. Diese Gabe … sie ist ein Geschenk.«

Johanna drückte sanft seine Hand. »Und du hast mir gezeigt, wie man die Zeit ehrt, Papa. Mit deiner Präzision. Ich will beides vereinen.«

Ein leises Ticken der Uhren um sie herum erinnerte sie daran, dass Zeit vergänglich war. Doch in diesem Moment zählte nur eines – ihre Musik, die ihr half, sich selbst zu finden.

Johanna spürte, wie ihr Tränen in die Augen stiegen. Sie setzte sich neben ihren Vater, nahm seine Hand in ihre. »Papa, ich-«

Ein Klopfen an der Tür unterbrach sie. Es war Thomas, der wie versprochen zum Abendessen gekommen war. Johanna zögerte, unsicher, ob sie ihn wegschicken sollte. Doch Friedrich winkte ab.

»Geh nur«, sagte er. »Genieß den Abend mit deinem Freund. Ich lege mich ein wenig hin.«

Widerwillig half Johanna ihrem Vater ins Bett und ging dann, um Thomas hereinzulassen. Der junge Mann trat ein, die Arme voller Lebensmittel, ein warmes Lächeln auf dem Gesicht. Doch als er Johannas besorgten Gesichtsausdruck sah, verblasste sein Lächeln.

»Ist alles in Ordnung?«, fragte er leise.

Johanna schüttelte den Kopf. »Es ist Papa. Er... er wird immer schwächer. Ich weiß nicht, was ich tun soll.«

Thomas legte die Lebensmittel beiseite und zog Johanna in eine sanfte Umarmung. Für einen Moment ließ sie sich fallen, erlaubte sich, Trost in der

Wärme seines Körpers zu finden. Als sie sich wieder lösten, sah Thomas sie ernst an.

»Hör zu« sagte er. »Warum kochst du nicht etwas für deinen Vater, während ich schnell zum Doktor laufe? Er muss sich das ansehen, ob dein Vater will oder nicht.«

Johanna nickte dankbar. »Das wäre wunderbar. Danke, Thomas.«

Während Thomas sich auf den Weg machte, begann Johanna in der Küche zu werkeln. Das Schneiden und Braten der Zutaten hatte etwas Beruhigendes, fast Meditatives. Sie summte leise vor sich hin, eine Melodie, die sich langsam in ihrem Kopf formte - vielleicht der Anfang eines neuen Stücks.

Als der Doktor eintraf, war das Essen fertig. Johanna wartete nervös im Wohnzimmer, während Dr. Bauer Friedrich untersuchte. Thomas saß neben ihr, hielt ihre Hand in seiner. Die Minuten dehnten sich zu einer Ewigkeit.

Endlich kam der Arzt aus dem Schlafzimmer, sein Gesicht ernst. »Frau Dryander« sagte er leise. »Können wir unter vier Augen sprechen?«

Johanna nickte benommen und folgte Dr. Bauer in die Küche. Ihr Herz hämmerte wild in ihrer Brust, und sie spürte, wie sich ihre Handflächen vor Nervosität mit Schweiß bedeckten.

»Es steht nicht gut, Frau Dryander«, sagte der Arzt ohne Umschweife. »Die Krankheit hat sich auf seine Lunge gelegt. Er braucht dringend Ruhe und Pflege. Ich fürchte, wenn sich sein Zustand nicht bald bessert, müssen wir über eine Einweisung ins Krankenhaus in der Stadt nachdenken.«

Johanna nickte stumm, unfähig zu sprechen. Die Worte des Arztes hallten in ihrem Kopf nach, vermischten sich mit den Melodien ihrer Sonate zu einer kakophonischen Symphonie der Angst.

»Ich verschreibe ihm einige Medikamente« fuhr Dr. Bauer fort. »Aber was er jetzt am meisten braucht, ist Ruhe, Frau Dryander.«

Johanna schluckte schwer. »Natürlich«, sagte sie, ihre Stimme kaum mehr als ein Flüstern. »Ich werde alles tun, was nötig ist.«

Der Arzt nickte zufrieden und verabschiedete sich. Als Johanna ins Wohnzimmer zurückkehrte, sah Thomas sie fragend an. Sie schüttelte nur den Kopf, unfähig, die Diagnose in Worte zu fassen.

Die folgenden Tage verschwammen zu einem Nebel aus Sorge und Erschöpfung. Johanna teilte ihre Zeit zwischen der Pflege ihres Vaters und den Versuchen, an ihrer Komposition weiterzuarbeiten. Doch die Musik, die sonst so frei aus ihr herausfloss, schien nun wie blockiert.

Es war, als hätte sich eine Mauer zwischen ihr und ihrer Kreativität aufgebaut. Jede Note, die sie zu Papier brachte, klang falsch, dissonant. Die Frühlingssonate, die das Erwachen und die Hoffnung hatte symbolisieren sollen, verwandelte sich unter ihren Händen in eine düstere Elegie.

Thomas und Tante Maria kamen oft vorbei, brachten Essen und boten ihre Hilfe an. Die stille Unterstützung war ein Anker in Johannas stürmischer Welt.

An einem besonders schweren Tag, als Friedrich wieder hohes Fieber hatte und im Delirium von vergangenen Zeiten sprach, brach es aus Johanna heraus. Sie floh aus dem Haus, rannte blindlings durch das Dorf, bis sie sich am Rand des Waldes wiederfand.

Dort, unter den hohen Tannen, sank sie auf die Knie und ließ ihren Tränen freien Lauf. All die aufgestauten Emotionen, die Angst, die Verzweiflung, die unterdrückte Wut - alles brach aus ihr heraus in einem Sturm von Schluchzern.

Sie weinte um ihren Vater, um ihre Mutter, die sie nie wirklich gekannt hatte. Sie weinte um ihre Musik, die ihr zu entgleiten schien, um die Träume, die sie zu verlieren fürchtete. Und sie weinte um sich selbst, um das Mädchen, das sie einmal gewesen war, voller Hoffnung und Zuversicht.

Als die Tränen schließlich versiegten, fühlte Johanna sich seltsam leer, aber auch gereinigt. Sie setzte sich auf einen umgestürzten Baumstamm und lauschte dem Wind in den Baumwipfeln. Und plötzlich, wie aus dem Nichts, hörte sie es - eine Melodie, zart und fragil wie ein Frühlingsblatt, aber voller Kraft und Möglichkeiten.

Mit zitternden Händen zog sie ihr Notizbuch hervor und begann fieberhaft zu schreiben. Die Noten flossen aus ihr heraus, als hätten sie nur auf diesen Moment gewartet. Es war der fehlende Teil ihrer Sonate, das Herzstück, das alles zusammenhielt.

In dieser Melodie hörte sie das Lachen ihrer Mutter, das Ticken der Uhren ihres Vaters, das Rauschen des Windes in den Bergen.

Als sie schließlich aufblickte, war die Sonne bereits am Untergehen. Der Himmel war ein Gemälde aus Gold und Purpur, und die ersten Sterne begannen zu funkeln. Erschrocken sprang Johanna auf. Sie hatte ihren Vater stundenlang allein gelassen! Hastig sammelte sie ihre Sachen zusammen und eilte zurück ins Dorf.

Zu Hause angekommen, fand sie Friedrich wach und erstaunlich klar. Er saß in seinem Sessel, ein altes Fotoalbum auf dem Schoß. Als Johanna eintrat, blickte er auf, ein sanftes Lächeln auf seinen Lippen.

»Johanna«, sagte er, seine Stimme schwach, aber gefasst. »Komm her, mein Kind. Wir müssen reden.«

Johanna setzte sich zu ihm, ein mulmiges Gefühl im Magen. Friedrich blätterte langsam durch das Album, blieb bei einem Bild ihrer Mutter stehen. Elisabeth lachte in die Kamera, eine Geige in der Hand, die Augen voller Leben und Leidenschaft.

»Weißt du« begann Friedrich leise, »ich habe lange gebraucht, um zu verstehen, was deine Mutter mir sagen wollte. Sie sprach immer von einer Musik, die ich nicht hören konnte, von einer Freiheit, die ich nicht verstand.« Er sah auf, seine Augen suchten die seiner Tochter. »Aber jetzt, wenn ich dir zuhöre, wenn ich deine Musik höre... da ist es, als würde ich zum ersten Mal wirklich begreifen, wovon sie sprach.«

Johanna spürte, wie ihr Tränen in die Augen stiegen. »Papa, ich-«

Friedrich hob die Hand, um sie zu unterbrechen. »Lass mich ausreden, bitte. Ich weiß, dass du dich sorgst, dass du glaubst, du müsstest hier bleiben, um dich um mich zu kümmern. Aber Johanna, das ist nicht dein Weg. Dein Platz ist da draußen, in der Welt, wo deine Musik gehört werden kann.«

»Aber ich kann dich doch nicht einfach...«

»Doch, das kannst du. Das musst du sogar.« Friedrich griff nach ihrer Hand, drückte sie fest. Seine Augen glänzten feucht, aber sein Blick war entschlossen. »Ich habe den Fehler gemacht, deine Mutter zurückzuhalten. Ich wollte sie hier behalten, in unserer kleinen, sicheren Welt. Aber ich habe dabei einen Teil von ihr erstickt, den Teil, der frei sein wollte, der die Welt mit seiner Musik erobern wollte.« Er holte tief Luft, ein Anflug von Schmerz huschte über sein Gesicht. »Ich will nicht, dass du denselben Fehler machst, Johanna. Du musst gehen, musst deinen Träumen folgen.«

Johanna schüttelte heftig den Kopf, Tränen liefen ihr über die Wangen. »Nein, Papa. Ich kann nicht. Du bist krank, du brauchst mich.«

Friedrich lächelte sanft. »Ich komme schon zurecht, mein Kind. Thomas hat angeboten, nach mir zu sehen und Tante Maria wird sich um meine Angelegenheiten kümmern. Aber du, Johanna, du musst fliegen. Du hast Flügel, die dich weit tragen können. Nutze sie.«

Er griff nach dem Fotoalbum, zog ein Bild heraus und reichte es Johanna. Es zeigte sie selbst als kleines Mädchen, wie sie auf einer winzigen Geige spielte, das Gesicht vor Konzentration verzerrt. »Siehst du? Schon damals war klar, dass die Musik dein Schicksal ist. Geh, Johanna. Geh und lass die Welt deine Musik hören.«

Johanna starrte auf das Bild, dann auf ihren Vater. Sie sah die Liebe in seinen Augen, aber auch die Entschlossenheit. Sie wusste, dass er recht hatte, dass dies der Moment war, auf den sie ihr ganzes Leben lang zugesteuert hatte. Und doch zerriss es ihr das Herz, ihn zurückzulassen.

»Ich... ich weiß nicht, ob ich das kann«, flüsterte sie. Friedrich lächelte, ein Lächeln voller Zuversicht. »Du kannst es, mein Kind. Du bist stärker als du denkst. Und weißt du was? Ich werde immer bei dir sein, in jeder Note, die du spielst.«

»Ich habe noch etwas für dich, Johanna. flüsterte er leise »Schau mal in die unterste Schublade meiner Werkbank«

Sie sah ihn verwirrt an, doch sein Blick ließ keinen Zweifel – es war wichtig. Mit klopfendem Herzen stand sie auf und ging langsam in die Werkstatt, die im dämmrigen Licht ruhig und vertraut wirkte. Alles war noch so, wie sie es als Kind kannte: das feine Werkzeug, die unzähligen Zahnräder und Federn, das beständige Ticken.

Mit zittrigen Fingern zog sie die unterste Schublade auf. Ganz hinten, verborgen unter alten Notizen und Stoffresten, lag eine kleine, mit Samt

ausgekleidete Schatulle. Sie öffnete sie vorsichtig –
und darin lag eine alte Taschenuhr.

Es war nicht irgendeine Uhr.

Als sie sie aus dem Samt hob, fiel ihr Blick auf
die feinen Gravuren, kaum größer als eine Noten-
zeile. Erst nach ein paar Sekunden erkannte sie, was
sie sah. Es waren die ersten Takte der Frühlingssonate. Es war die Uhr, die sie schon einmal in den
Händen gehalten hatte. Kein Erbstück eines Kun-
den, sondern ein Erbstück für Sie.

»Für meine Tochter, die Musik in die Zeit bringt«
las sie leise die darunter eingravierten Worte.

Johanna sog scharf die Luft ein. Tränen traten ihr
in die Augen, heiß und überwältigend. All die Jahre
hatte sie geglaubt, dass ihr Vater sie nicht verstehen
konnte – und doch hatte er es gewusst. Er hatte es
immer gewusst.

Sie schloss die Uhr und drückte sie an ihre Brust.
Dann kehrte sie zu ihrem Vater zurück, setzte sich
neben ihn und nahm erneut seine Hand. Er lächelte
müde, als hätte er ihre Gedanken gelesen.

»Ich wollte nur, dass du glücklich bist, Johanna«,
flüsterte er.

Zum ersten Mal fühlte sich die Kluft zwischen
ihnen nicht mehr unüberwindbar an.

In diesem Moment wusste Johanna, dass eine Entscheidung gefallen war. Sie würde gehen, würde ihre Musik in die Welt hinaustragen. Aber sie würde nie vergessen, woher sie kam, und ein Teil von ihr würde immer hier bleiben, in diesem kleinen Dorf zwischen den Bergen.

Sie beugte sich vor und umarmte ihren Vater fest. »Ich liebe dich, Papa« flüsterte sie.

»Ich liebe dich auch, mein Kind«, erwiderte Friedrich, seine Stimme rau vor Emotion. »Und nun geh. Die Welt wartet auf deine Musik.«

Als Johanna sich später an diesem Abend an ihren Schreibtisch setzte, fühlte sie eine seltsame Ruhe in sich. Die Melodie, die sie im Wald gehört hatte, summte noch immer in ihrem Kopf. Sie griff nach ihrem Stift und begann zu schreiben.

Die Noten flossen aus ihr heraus, als hätten sie nur auf diesen Moment gewartet. Es war nicht mehr nur eine Frühlingssonate - es war eine Symphonie des Lebens, des Abschieds und des Neubeginns. In den Klängen hörte sie das Ticken der Uhren ihres Vaters, das Lachen ihrer Mutter, das Rauschen des Windes in den Bergen. Aber da war auch etwas Neues – etwas, das Johannas besondere Handschrift trug. Eine Stimme, die endlich ihren ganz eigenen Klang gefunden hatte.

Die nächsten Tage vergingen wie im Flug. Johanna arbeitete fieberhaft an ihrer Komposition, unterbrochen nur von den Momenten, in denen sie sich um ihren Vater kümmerte. Friedrich schien mit jedem Tag schwächer zu werden, aber sein Lächeln, wenn er Johanna spielen hörte, wurde immer strahlender.

Thomas kam oft vorbei, brachte Essen und half mit Maria bei der Pflege. Seine stille Unterstützung war für Johanna wie ein Anker in stürmischer See. Eines Abends, als Friedrich schlief und sie gemeinsam in der Küche saßen, nahm Thomas ihre Hand.

»Johanna«, sagte er leise, »ich weiß, du wirst bald gehen. Und ich will, dass du weißt: Ich freue mich sehr für dich. Du hast etwas Besonderes in dir, etwas, das die Welt sehen muss.«

Johanna spürte, wie ihr Herz schneller schlug. »Thomas, ich-«

Er schüttelte den Kopf. »Du musst nichts sagen. Ich wollte nur, dass du es weißt. Und dass... dass ich auf dich warten werde. Wenn du zurückkommst, werde ich hier sein.«

Sie sah in seine Augen, sah die Aufrichtigkeit darin. Und zum ersten Mal seit langem erlaubte sie sich, an eine Zukunft zu denken, die mehr beinhaltete als nur ihre Musik.

Am Tag ihrer Abreise versammelte sich das halbe Dorf am Bahnhof. Selbst Frau Huber war gekommen, ein widerwilliges Lächeln auf den Lippen. »Zeig denen da draußen was du kannst, Kind« sagte sie und drückte Johanna ein Päckchen in die Hand. »Vergiss uns nicht da draußen in der großen Welt.«

Friedrich konnte nicht zum Bahnhof kommen, aber Johanna hatte am Morgen lange an seinem Bett gesessen, seine Hand gehalten und ihm versprochen, bald zurückzukehren. »Ich werde deine Musik in meinen Träumen hören«, hatte er gesagt, seine Stimme schwach, aber voller Liebe.

Als der Zug einfuhr, umarmte Johanna ein letztes Mal Thomas. »Ich komme zurück«, flüsterte sie. »Das verspreche ich.«

Er nickte, Tränen in den Augen. »Ich weiß. Und ich werde hier sein.«

Mit einem letzten Blick zurück stieg Johanna in den Zug. Als er sich in Bewegung setzte, sah sie aus dem Fenster. Das Dorf, die Berge, all das, was ihr so vertraut war, begann langsam zu verschwinden. Aber in ihrem Herzen trug sie es mit sich, eine ewige Quelle der Inspiration.

In ihrer Tasche ruhten die Noten ihrer Symphonie, bereit, der Welt präsentiert zu werden. Und in ihrem Kopf formten sich bereits neue Melodien, neue Geschichten, die darauf warteten, erzählt zu werden.

Johanna lehnte sich in ihrem Sitz zurück und schloss die Augen. Sie wusste nicht genau, was die Zukunft bringen würde, aber sie war bereit dafür. Mit der Musik ihrer Mutter im Herzen, der Stärke ihres Vaters in den Fingern und ihrer eigenen, einzigartigen Stimme war sie bereit, ihren Platz in der Welt zu finden.

Der Zug beschleunigte, trug sie fort von allem, was sie kannte, hin zu neuen Horizonten. So endete ein Kapitel in Johannas Leben, und ein neues, aufregendes begann. Ein Kapitel voller Verheißung und Möglichkeiten, geschrieben in den Noten einer Musik, die die Welt noch nie gehört hatte. Eine Musik, die Brücken baute zwischen Heimat und Ferne, zwischen den Träumen der Vergangenheit und den Visionen der Zukunft.

Als der Zug das Tal verließ und die vertrauten Berge langsam am Horizont verschwanden, spürte Johanna eine Mischung aus Aufregung und Wehmut. Die Landschaft vor ihrem Fenster veränderte sich, wurde flacher, weiter, unbekannter. Mit jedem Kilometer, den der Zug zurücklegte, schien sich etwas in ihr zu lösen - eine Spannung, die sie so lange mit sich herumgetragen hatte, ohne es wirklich zu bemerken.

Sie dachte an ihren Vater, an sein tapferes Lächeln beim Abschied, an die Stärke, die er ausgestrahlt hatte, trotz seiner Schwäche. Sie dachte an Thomas und sein Versprechen zu warten, an die Möglichkeiten, die in diesem Versprechen lagen. Und sie dachte an ihre Mutter, deren Traum sie nun lebte.

Johanna zog ihr Notizbuch hervor und begann zu schreiben. Nicht Noten diesmal, sondern Worte. Worte über das Dorf, über die Menschen, die sie zurückließ, über die Gefühle, die in ihr tobten. Vielleicht, dachte sie, würde daraus eines Tages ein Liedtext werden, eine Ode an ihre Heimat und an den Mut, den es brauchte, sie zu verlassen.

Als die Nacht hereinbrach und die Lichter im Zugabteil gedimmt wurden, lehnte Johanna ihren Kopf an die kühle Fensterscheibe. Der Rhythmus der Räder auf den Schienen wurde zu einer stetigen Begleitung ihrer Gedanken, ein Metronom, das den Takt ihres neuen Lebens vorgab.

Morgen würde sie in der großen Stadt ankommen, würde sich einer Welt stellen, die so ganz anders war als alles, was sie kannte. Aber sie war bereit. Mit ihrer Musik als Kompass und den Erinnerungen an zu Hause als Anker würde sie ihren Weg finden.

Und während der Zug durch die Nacht raste, einer ungewissen aber verheißungsvollen Zukunft entgegen, begann Johanna leise zu summen. Es war der Anfang einer neuen Melodie, einer, die von Aufbruch und Heimkehr erzählte, von Wurzeln und Flügeln, von der ewigen Suche nach dem Platz, an dem man wirklich zu Hause ist.

Mit diesem leisen Summen auf den Lippen und dem sanften Schaukeln des Zuges glitt Johanna schließlich in einen tiefen Schlaf, bereit für das neue Kapitel, das mit dem Morgengrauen beginnen würde.

DIMINUENDO

Die Nachricht erreichte Johanna wie ein Donnerschlag aus heiterem Himmel. Gerade noch stand sie auf der Bühne des renommierten Konzertsaals, den Applaus des Publikums noch in ihren Ohren, als sie den Anruf in ihrer Garderobe annahm. Thomas' Stimme, sonst so warm und beruhigend, klang fremd und brüchig. »Johanna, es tut mir leid. Dein Vater... er ist von uns gegangen.«

Die Welt um sie herum verschwamm, wurde zu einem Wirbel aus Farben und Geräuschen. Ihre Finger umklammerten die Geige, als wäre sie ein Rettungsanker in einem Meer aus Chaos. Sie spürte, wie ihr die Knie weich wurden, doch sie zwang sich, aufrecht zu bleiben. Nicht hier, nicht jetzt. Sie würde nicht zusammenbrechen, nicht vor all diesen Menschen, die noch immer klatschten, ahnungslos gegenüber der Tragödie, die sich vor ihren Augen entfaltete.

Mit mechanischen Bewegungen verbeugte sie sich ein letztes Mal, ein Lächeln auf den Lippen, das sich anfühlte wie eine grausame Maske. Dann verließ sie die Bühne, Schritt für Schritt, jeder eine Qual, bis sie endlich die Stille der Garderobe erreichte.

Erst hier, in der Einsamkeit des kleinen Raumes, ließ sie die Maske fallen. Die Geige glitt aus ihren Händen, landete mit einem dumpfen Ton auf dem weichen Teppich. Johanna sank auf die Knie, ihre Finger gruben sich in den Stoff ihres Konzertkleides. Ein Schrei formte sich in ihrer Kehle, doch er blieb stumm, gefangen hinter zusammengepressten Lippen.

Die Welt draußen drehte sich weiter, unbeeindruckt von ihrem Schmerz. Sie hörte gedämpftes Lachen, das Klirren von Gläsern, die Geräusche einer Feier, die ihr nun so unpassend, so grotesk erschien. Wie konnten die Menschen lachen, wie konnte die Welt sich weiterdrehen, wenn doch alles in Scherben lag?

In dieser Nacht kehrte Johanna nicht in ihre Wohnung zurück. Sie wanderte ziellos durch die Straßen der großen Stadt, die ihr plötzlich so fremd erschien. Die glitzernden Lichter, die eleganten Fassaden - alles wirkte wie eine Kulisse, unwirklich und kalt. Ihre Schritte führten sie durch Parks, vorbei an schlafenden Häusern und einsamen Laternen.

Der Nachthimmel über ihr war ein dunkles Tuch, durchbrochen von vereinzelten Sternen, die wie ferne Erinnerungen an glücklichere Zeiten schimmerten. Johanna blickte zu ihnen auf, suchte nach Trost in ihrer zeitlosen Beständigkeit. Hatte ihr Vater diese Sterne auch gesehen in seinen letzten Momenten? Hatte er an sie gedacht, an die kleine Johanna, die er einst auf seinen Schultern getragen hatte, um ihr die Sternbilder zu zeigen?

Die kühle Nachtluft strich über ihr Gesicht, trocknete die Tränen, die unaufhörlich flossen. Mit jedem Schritt, den sie tat, schien die Realität des Verlustes tiefer in ihr Bewusstsein zu sickern. Es war, als würde jeder Atemzug, jeder Herzschlag die grausame Wahrheit bekräftigen: Ihr Vater war fort, unwiederbringlich verloren in den Tiefen der Zeit, die er sein Leben lang zu messen versucht hatte.

Irgendwann, als der Himmel sich bereits grau zu färben begann, fand sie sich am Ufer des Flusses wieder. Das Wasser floss träge dahin, ein dunkles Band, das die Stadt teilte. Johanna starrte auf die sich kräuselnde Oberfläche, sah zu, wie Blätter und kleine Äste vorbeitrieben, fortgetragen von einer Strömung, die sie nicht kontrollieren konnten.

Sie dachte an ihren Vater, an seine starken Hände, die so behutsam mit den feinsten Uhrwerken umgegangen waren. Sie erinnerte sich an den Geruch seiner Werkstatt, eine Mischung aus Öl, Metall und dem unverwechselbaren Duft alter Bücher. Wie oft hatte sie als Kind dort gesessen, fasziniert von den tickenden Uhren an den Wänden, jede ein kleines Universum für sich, mit eigenen Regeln und Rhythmen.

Sie dachte an sein Lächeln, warm und voller Begeisterung, wenn er ihr beim Spielen zugehört hatte. Es war ein Lächeln, das die Falten um seine Augen zum Tanzen brachte, das sein ganzes Gesicht erhellte und Johanna das Gefühl gab, die wichtigste Person auf der Welt zu sein. Würde sie dieses Lächeln je wieder sehen, außer in ihren Erinnerungen?

Und sie dachte an die letzten Worte, die sie von ihm gehört hatte: »Geh, Johanna. Die Welt wartet auf deine Musik.« Hatte er geahnt, dass es ein Abschied für immer sein würde? Hatte er gespürt, dass seine Zeit ablief, während er seine Tochter in die Welt hinausschickte?

Die Erkenntnis traf sie mit der Wucht eines physischen Schlages: Sie war nicht da gewesen. Sie hatte nicht an seinem Bett gesessen, hatte seine Hand nicht gehalten, als er seinen letzten Atemzug tat. Sie war fort gewesen, hatte auf einer Bühne gestanden, umjubelt von Fremden, während ihr Vater allein starb.

Die Schuld kroch in ihr hoch wie eine giftige Ranke, umschlang ihr Herz und drohte, es zu zerquetschen. Sie hatte ihn im Stich gelassen, hatte ihre Musik über alles andere gestellt. War es das wert gewesen? Der Applaus, die Anerkennung - was bedeuteten sie schon angesichts des Verlustes, den sie erlitten hatte?

Das erste Licht des Tages brach sich in den Wellen des Flusses, warf tanzende Reflexe auf die Wasseroberfläche. Johanna beobachtete, wie die Stadt langsam erwachte. Frühe Jogger liefen am Ufer entlang, Bäcker öffneten ihre Läden, der Duft von frischen Brötchen wehte zu ihr herüber. Das Leben ging weiter, unaufhaltsam, gleichgültig gegenüber dem Schmerz, der in ihr tobte.

Als die ersten Sonnenstrahlen den Horizont berührten, machte Johanna sich auf den Weg zurück in ihre Wohnung. Ihre Schritte waren schwer, als trüge sie eine unsichtbare Last. In ihrem Kopf hallten die Worte ihres Vaters nach, vermischten sich mit den Klängen ihrer Musik zu einer dissonanten Kakophonie.

Die Straßen, durch die sie ging, waren dieselben wie am Abend zuvor, und doch schienen sie verändert. Die Häuserfassaden wirkten grau und leblos, die Schaufenster der Geschäfte wie blinde Augen, die teilnahmslos auf sie herabblickten. Selbst die Menschen, die ihr begegneten, schienen wie Schatten, unwirklich und fern.

In ihrer Wohnung angekommen, stand Johanna einen Moment lang verloren im Eingangsbereich. Die Stille des Raumes drückte auf ihre Ohren, als wäre sie ein greifbares Ding. Ihre Augen wanderten über die vertrauten Gegenstände - die Notenständer, die Bücherregale voller Partituren, die Fotografien an den Wänden. Alles war noch an seinem Platz, und doch fühlte es sich fremd an, als gehöre es zu einem anderen Leben, einem Leben, das mit dem Tod ihres Vaters unwiederbringlich zu Ende gegangen war.

Das Telefon klingelte im stillen Zimmer. Langsam griff sie nach dem Hörer. Sie zögerte einen Moment, dann nahm sie ab.

»Johanna?« Tante Marias Stimme klang ruhig, warm, voller Verständnis.

Johanna schloss die Augen, atmete tief durch. »Ich … ich weiß nicht, was ich tun soll.« Ihre Stimme war kaum mehr als ein Flüstern.

»Liebes Kind«, sagte Maria sanft. »Ich weiß, dass du dich schuldig fühlst. Dass du denkst, du müsstest hier sein, um dich zu verabschieden. Aber hör mir zu: Dein Vater hat gewusst, dass du ihn liebst. Er wusste, dass du nicht immer an seiner Seite sein kannst – und dass du es auch nicht musst.«

Johanna presste die Lippen zusammen, Tränen stiegen in ihre Augen. »Aber er ist gestorben, während ich … während ich gespielt habe. Ich hätte da sein sollen, nicht auf einer Bühne, nicht in einer anderen Stadt.«

Maria schwieg einen Moment, als würde sie die richtigen Worte suchen. Dann sagte sie sanft: »Johanna, dein Vater war stolz auf dich. Und weißt du was? Er hat deine Musik gehört, bis zuletzt.«

Johanna hielt den Atem an. »Was?«

»Thomas hat das Radio neben sein Bett gestellt«, erklärte Maria. »Er wollte deine Sonate hören. Und als sie erklang … hat er gelächelt, Johanna. Ein Lächeln voller Frieden. Er ist mit deiner Musik gegangen, nicht allein, nicht verlassen. Du warst bei ihm – auf die Weise, die für ihn am schönsten war.«

Ein Schluchzen entkam Johannas Lippen. Sie vergrub ihr Gesicht in den Händen. »Aber die Beerdigung … ich sollte kommen, oder?«

»Das ist deine Entscheidung« sagte Maria sanft. »Aber denk daran: Eine Beerdigung ist für die Lebenden, nicht für die Toten. Dein Vater hat sich

bereits verabschiedet – auf seine Weise. Du kannst
das auch tun, auf deine.«

Johanna schwieg, Tränen liefen über ihre Wangen. Sie wusste, dass Maria recht hatte. Die Vorstellung, zurück ins Dorf zu fahren, ihm in einem schwarzen Kleid Lebewohl zu sagen, fühlte sich falsch an. Ihr Vater hätte das nicht gewollt.

»Was soll ich dann tun?« flüsterte sie.

Maria lächelte, das konnte Johanna sogar durchs Telefon hören. »Spiel für ihn, Johanna. Spiel für dich. Lass die Musik sprechen, wie du es immer getan hast.«

Johanna schloss die Augen, legte eine Hand auf ihre Geige. Und zum ersten Mal seit Tagen fühlte sie keinen lähmenden Schmerz mehr – sondern etwas anderes. Etwas Weiches, Warmes. Ein Abschied auf ihre Weise.

Die folgenden Tage verschwammen zu einem Nebel aus Trauer und Selbstvorwürfen. Johanna bewegte sich wie in Trance durch ihre Wohnung, unfähig zu essen, zu schlafen, zu fühlen. Ihre Geige lag unberührt in ihrem Kasten, ein stummes Mahnmal ihrer Schuld.

Sie verbrachte Stunden damit, alte Fotografien zu betrachten, Bilder aus einer Zeit, die nun für immer verloren schien. Da war sie als kleines Mädchen, lachend auf den Schultern ihres Vaters. Dort ein Bild von ihrer ersten Geigenstunde, ihr Gesicht eine Mischung aus Konzentration und Freude. Und immer wieder ihr Vater, sein gütiges Lächeln, seine warmen Augen, die sie mit so viel Liebe anblickten.

Jedes Bild war wie ein Stich ins Herz, eine schmerzhafte Erinnerung an alles, was sie verloren hatte. Und doch konnte sie nicht aufhören, sie anzusehen, als könnte sie durch schiere Willenskraft die Vergangenheit zurückholen, die Zeit zurückdrehen und alles ungeschehen machen.

Briefe und Telegramme stapelten sich auf ihrem Schreibtisch, Beileidsbekundungen von Menschen, die sie kaum kannte. Sie las sie nicht, konnte den gut gemeinten Worten nichts abgewinnen. Was wussten sie schon von ihrem Schmerz, von der Leere, die sich in ihr ausbreitete wie ein schwarzes Loch?

Die Welt außerhalb ihrer vier Wände schien in weite Ferne gerückt. Johanna ignorierte das Klingeln des Telefons, ließ Einladungen zu Konzerten und Proben unbeantwortet. Die Musik, die einst ihr Leben gewesen war, erschien ihr nun hohl und bedeutungslos. Wie konnte sie spielen, wie konnte sie Schönheit erschaffen in einer Welt, die so grausam, so ungerecht war?

Nachts lag sie wach, starrte an die Decke und lauschte dem Ticken der Uhr an der Wand. Jeder

Sekundenzeiger war wie ein Hammerschlag, der sie
daran erinnerte, dass die Zeit unaufhaltsam voranschritt, dass jeder Moment sie weiter von ihrem Vater entfernte. In diesen stillen Stunden der Nacht
überkamen sie die Erinnerungen mit besonderer Intensität.

Sie erinnerte sich an die langen Winterabende,
als sie und ihr Vater am Kamin gesessen hatten, er
mit einer komplizierten Uhr beschäftigt, sie mit ihrer Geige übend. Die Wärme des Feuers, der Geruch von Holz und Metall, das sanfte Kratzen seines
Werkzeugs und die Klänge ihrer Musik hatten sich
zu einer Symphonie der Geborgenheit verwoben.

Sie dachte an die Sommertage, an denen sie gemeinsam durch die Berge gewandert waren. Ihr Vater hatte ihr die Namen der Blumen und Kräuter
beigebracht, hatte ihr gezeigt, wie man am Stand
der Sonne die Zeit ablesen konnte. »Siehst du, Johanna«, hatte er gesagt, »die Natur ist die größte
Uhrmacherin von allen. Wir versuchen nur, ihre
Präzision nachzuahmen.«

Und immer wieder kehrten ihre Gedanken zu jenem Tag zurück, an dem sie beschlossen hatte, das
Dorf zu verlassen, um in der großen Stadt Musik zu
studieren. Die Mischung aus Vorfreude und Traurigkeit in den Augen ihres Vaters, als er sie zum
Bahnhof brachte. Seine letzten Worte, bevor der

Zug abfuhr: »Vergiss nie, woher du kommst, Johanna. Aber hab auch keine Angst davor, neue Wege zu gehen.«

Hatte sie ihn enttäuscht? Hatte sie in ihrem Streben nach Erfolg und Anerkennung vergessen, was wirklich wichtig war?

Es war Thomas, der sie schließlich aus ihrer Erstarrung riss. Sein Brief, handgeschrieben und voller Tintenkleckse, war anders als die förmlichen Kondolenzschreiben. Er schrieb von den letzten Tagen ihres Vaters, von den Geschichten, die Friedrich erzählt hatte, von seinem unerschütterlichen Glauben an seine Tochter.

»Er hat deine Musik gehört, Johanna«, schrieb Thomas. »Bis zum Schluss. Wir haben das Radio neben sein Bett gestellt, und er hat gelächelt, wirklich gelächelt, als deine Sonate erklang. Er war bei dir, auch wenn du nicht hier sein konntest.«

Diese Worte brachen etwas in Johanna. Die Tränen, die sie so lange zurückgehalten hatte, brachen hervor wie ein Sturzbach. Sie weinte um ihren Vater, um die verlorene Zeit, um die Musik, die sie zu verlieren fürchtete. Es war ein Weinen, das sie bis ins Mark erschütterte, das ihren ganzen Körper beben ließ.

Sie weinte um die verpassten Gelegenheiten, um die Worte, die ungesagt geblieben waren. Sie weinte um die Zukunft, die sie sich erträumt hatte, in der ihr Vater in der ersten Reihe saß und ihr zuhörte, wenn sie in den großen Konzertsälen der Welt spielte. Sie weinte um die kleinen Momente - die gemeinsamen Mahlzeiten, die stillen Abende, das vertraute Ticken der Uhren in der Werkstatt.

Stunden vergingen, in denen Johanna ihren Tränen freien Lauf ließ. Es war, als würde ein Damm brechen, als würde all der aufgestaute Schmerz, die Trauer und die Verzweiflung aus ihr herausströmen. Sie weinte, bis keine Tränen mehr kamen, bis ihr Körper erschöpft war.

Als die Tränen schließlich versiegten, fühlte Johanna sich ausgelaugt, aber auch seltsam gereinigt. Es war, als hätte das Weinen etwas in ihr freigespült, einen Knoten gelöst, der ihr die Luft zum Atmen genommen hatte. Zum ersten Mal seit Tagen spürte sie etwas anderes als nur Schmerz und Schuld - eine leise, zarte Zuversicht, die sich wie ein zartes Pflänzchen in ihr regte.

Sie stand auf, wankte zum Fenster und öffnete es weit. Die kühle Frühlingsluft strömte herein, brachte den Duft von feuchter Erde und frischem Grün mit sich. Johanna atmete tief ein, ließ die frische Luft ihre Lungen füllen. Es war, als würde sie zum ersten Mal seit Tagen wirklich atmen.

Zum ersten Mal seit Tagen nahm sie ihre Umgebung wirklich wahr. Die Bäume vor ihrem Fenster trugen zartes Grün, erste Blüten wagten sich hervor. Ein Vogel sang irgendwo in der Ferne, seine Melodie ein zartes Versprechen von neuem Leben. Das Leben ging weiter, unaufhaltsam, trotz allem Schmerz und aller Verluste.

Johanna beobachtete, wie ein Schmetterling vorbeiflatterte, seine Flügel schimmerten im Sonnenlicht. Sie erinnerte sich an die Worte ihres Vaters, die er einmal gesagt hatte, als sie als Kind einen toten Schmetterling gefunden und bitterlich geweint hatte: »Sieh, Johanna, selbst wenn ein Schmetterling stirbt, hinterlässt er Schönheit in der Welt. Seine Farben verblassen nie ganz, sie leben weiter in unseren Erinnerungen.«

Mit zitternden Händen öffnete Johanna den Geigenkasten. Das Instrument lag da wie ein schlafendes Wesen, wartend, geduldig. Sie hob es heraus, strich sanft über das glatte Holz. Es war, als würde sie einen alten Freund begrüßen, einen Vertrauten, der sie durch die dunkelsten Stunden begleiten würde.

Sie erinnerte sich an den Tag, an dem ihr Vater ihr diese Geige geschenkt hatte. Es war ihr fünfzehnter Geburtstag gewesen, und Friedrich hatte monatelang daran gearbeitet, das Instrument zu restaurieren. »Diese Geige hat deiner Mutter gehört«, hatte er gesagt, seine Stimme voller Emotion. »Sie hat immer gehofft, dass du eines Tages darauf spielen würdest.«

Johanna fuhr mit den Fingern über die feinen Maserungen des Holzes, spürte die Geschichte, die in diesem Instrument schlummerte. Es war mehr als nur eine Geige - es war ein Vermächtnis, eine Verbindung zu ihrer Mutter, die sie nie kennengelernt hatte, und zu ihrem Vater, der nun auch von ihr gegangen war.

Sie setzte die Geige ans Kinn, schloss die Augen und begann zu spielen. Die ersten Töne waren zaghaft, unsicher, wie die ersten Schritte eines Kindes. Doch dann, ganz allmählich, gewann die Melodie an Kraft. Es war keine der komplizierten Kompositionen, die sie in den letzten Monaten einstudiert hatte. Stattdessen spielte sie eine einfache Weise, ein Volkslied, das ihr Vater oft gesummt hatte, wenn er an seinen Uhren arbeitete.

Die Melodie erfüllte den Raum, schien die Schatten der Trauer für einen Moment zu vertreiben. Johanna spielte mit geschlossenen Augen, ließ ihre Finger über die Saiten gleiten, als hätten sie ein Eigenleben. In diesem Moment war sie nicht die gefeierte Violinistin, nicht die trauernde Tochter - sie war einfach nur Johanna, ein Mädchen, das Musik machte.

Die Musik floss durch sie hindurch, wurde zu einem Kanal für all die Gefühle, die sie so lange unterdrückt hatte. In den Klängen hörte sie das Lachen ihres Vaters, sah sein konzentriertes Gesicht, wenn er ein besonders kompliziertes Uhrwerk reparierte. Sie spürte die Wärme seiner Umarmungen, die Kraft seiner Hände, die die ihren gehalten hatten, als sie ihre ersten unsicheren Töne auf der Geige spielte.

Mit jeder Note, die sie spielte, war es, als würde eine Last von ihren Schultern fallen. Die Musik war wie ein Balsam für ihre wunde Seele, ein Weg, ihren Schmerz in etwas Schönes zu verwandeln. Sie spielte von der Liebe ihres Vaters, von den Träumen, die er für sie gehegt hatte, von der Kraft, die er ihr gegeben hatte, ihren eigenen Weg zu gehen.

Stunden vergingen, in denen Johanna spielte, ohne Pause, ohne Noten, einfach aus dem Herzen heraus. Die Sonne wanderte über den Himmel, tauchte das Zimmer in goldenes Licht und verschwand schließlich hinter den Häusern. Als Johanna endlich den Bogen sinken ließ, war es dunkel geworden.

Sie fühlte sich erschöpft, aber auch seltsam erfüllt. Die Musik hatte etwas in ihr berührt, hatte eine

Verbindung geschaffen zwischen der Trauer um ihren Vater und der Liebe zur Musik, die er in ihr geweckt hatte. Es war, als hätte sie einen Weg gefunden, beides zu vereinen - ihren Schmerz und ihre Leidenschaft.

In dieser Nacht, zum ersten Mal seit sie die Nachricht erhalten hatte, schlief Johanna tief und traumlos. Als sie am nächsten Morgen erwachte, spürte sie eine neue Entschlossenheit in sich. Sie wusste, was sie zu tun hatte.

Mit einer Klarheit, die sie seit Wochen nicht mehr verspürt hatte, setzte sie sich an ihren Schreibtisch und begann zu komponieren. Die »Frühlingssonate«, an der sie so lange gearbeitet hatte, nahm eine neue Form an. Sie wurde zu einer Elegie, einer Hommage an ihren Vater und alles, was er ihr gegeben hatte.

Die Melodie begann mit dem sanften Ticken einer Uhr, ein stetiger Rhythmus, der sich durch das ganze Stück zog. Es war der Herzschlag ihres Vaters, der Puls der Zeit, die unaufhaltsam voranschritt. Darüber erhoben sich die Klänge der Natur - das Rauschen des Windes in den Tannen ihrer Heimat, das Plätschern des Baches, an dem sie als Kind gespielt hatte. Es waren die Geräusche ihrer Kindheit, die Klangkulisse ihrer frühesten Erinnerungen.

Langsam, fast zögerlich, mischte sich die Stimme der Geige ein, zuerst leise und klagend, dann immer kraftvoller und zuversichtlicher. Es war Johannas eigene Stimme, ihre musikalische Reise von den ersten unsicheren Tönen bis zu den komplexen Melodien, die sie nun zu schaffen vermochte.

Die Komposition wurde zu einer musikalischen Biografie, einer Reise durch die Zeit. Sie erzählte von den frühen Morgenstunden, wenn ihr Vater in seiner Werkstatt arbeitete und sie ihm zusah, fasziniert von der Präzision seiner Bewegungen. Sie sprach von den langen Sommerabenden, wenn sie gemeinsam auf der Veranda saßen und den Sonnenuntergang beobachteten, während ihr Vater ihr Geschichten aus seiner Jugend erzählte.

Johanna arbeitete wie im Fieber, vergaß zu essen und zu schlafen. Die Noten flossen aus ihr heraus, als hätten sie nur auf diesen Moment gewartet. In der Musik fand sie einen Weg, ihrer Trauer Ausdruck zu verleihen, aber auch ihrer Dankbarkeit und ihrer Liebe.

Sie komponierte von den schwierigen Zeiten, von den Momenten des Zweifels und der Angst. Die Melodie wurde dunkel und schwer, wie die Wolken vor einem Gewitter. Aber immer wieder brach das Licht durch, in Form von sanften, hoffnungsvollen Passagen, die von der bedingungslosen Liebe und Unterstützung ihres Vaters erzählten.

Das Finale der Sonate war eine Feier des Lebens, eine jubelnde Melodie, die von Hoffnung und Neuanfang sprach. Es war, als würde Johanna durch ihre Musik sagen: »Ja, es gibt Schmerz und Verlust, aber es gibt auch Schönheit und Liebe, und diese bleiben bestehen, selbst wenn wir gehen.«

Als sie die letzte Note zu Papier gebracht hatte, war eine Woche vergangen. Johanna lehnte sich zurück, erschöpft, aber mit einem Gefühl tiefer Zufriedenheit. Sie wusste, dass dies ihr bisher bestes Werk war, eine Komposition, die alles in sich vereinte - ihre Wurzeln, ihre Erfahrungen, ihren Schmerz und ihre Hoffnung.

Sie las die Noten noch einmal durch, ließ die Melodie in ihrem Kopf erklingen. Es war, als könnte sie ihren Vater hören, sein leises Lachen, seine ermutigenden Worte. »Siehst du, Johanna«, schien er zu sagen, »Das ist es, wovon ich immer gesprochen habe. Deine Musik ist deine Stimme, dein Weg, die Welt zu berühren.«

In diesem Moment fasste sie einen Entschluss. Sie würde zurückkehren in ihr Heimatdorf, würde die »Frühlingssonate« dort aufführen, wo alles begonnen hatte. Es würde ihre Art sein, Abschied zu nehmen, aber auch ein Neuanfang, eine Brücke zwischen ihrer Vergangenheit und ihrer Zukunft.

Die Vorbereitungen für ihre Rückkehr und das Konzert hielten Johanna in den folgenden Wochen beschäftigt. Sie korrespondierte mit Thomas, der ihr half, alles zu organisieren. Die Dorfbewohner, so schrieb er, waren schon ganz aufgeregt, dass ihre berühmte Tochter zurückkehren würde, um für sie zu spielen.

Johanna las Thomas' Briefe immer wieder, fand Trost in seinen Worten und in der Vorstellung, bald wieder in ihrer Heimat zu sein. Sie dachte an die vertrauten Gesichter, an die engen Gassen des Dorfes, an den Duft von frisch gebackenem Brot aus der Dorfbäckerei. Es war, als würde sie sich auf eine Reise in ihre eigene Vergangenheit vorbereiten.

Je näher der Tag der Abreise rückte, desto nervöser wurde Johanna. Sie fragte sich, wie es sein würde, zurückzukehren, die vertrauten Gesichter wiederzusehen, die Orte ihrer Kindheit zu besuchen. Würde der Schmerz über den Verlust ihres Vaters sie überwältigen? Würde sie die Kraft finden, ihre Musik so zu spielen, wie sie es sich vorstellte?

Sie packte ihre Koffer mit zitternden Händen, legte sorgfältig jedes Kleidungsstück, jede Partitur zurecht. Ihre Geige behandelte sie mit besonderer Sorgfalt, wickelte sie in weiche Tücher, als wäre sie ein kostbarer Schatz - was sie in gewisser Weise auch war.

Am Morgen ihrer Abreise stand Johanna lange am Fenster ihrer Stadtwohnung. Der Frühling war in voller Blüte, die Bäume trugen sattes Grün, und in den Vorgärten leuchteten bunte Blumen. Es war ein Tag voller Verheißung, voller Möglichkeiten.

Sie dachte an die Monate, die sie in dieser Stadt verbracht hatte, an die Erfolge, die sie hier gefeiert hatte. Aber sie dachte auch an die Einsamkeit, die sie oft empfunden hatte, an das Gefühl, nicht wirklich dazuzugehören. Vielleicht, dachte sie, war es an der Zeit, nach Hause zurückzukehren - nicht nur für einen Besuch, sondern für immer.

Mit einem letzten Blick auf die Stadt, die ihr in den vergangenen Monaten Heimat gewesen war, griff Johanna nach ihrem Koffer und ihrer Geige. Es war Zeit, sich den Geistern ihrer Vergangenheit zu stellen und gleichzeitig einen Schritt in die Zukunft zu wagen.

Die Zugfahrt zurück ins Tal war eine Reise durch Zeit und Raum. Mit jedem Kilometer, den der Zug zurücklegte, schien Johanna tiefer in ihre Erinnerungen einzutauchen. Sie sah aus dem Fenster, beobachtete, wie die Landschaft sich veränderte, wie

die weiten Ebenen allmählich Hügeln und schließlich den majestätischen Bergen wichen.

Die vertrauten Konturen der Berge, die am Horizont auftauchten, lösten in Johanna ein Gefühl von Heimkehr aus, das sie überraschte. Sie hatte nicht erwartet, dass der Anblick ihrer Heimat sie so bewegen würde. Es war, als würde ein Teil von ihr, der lange geschlummert hatte, wieder erwachen.

Als der Zug in den kleinen Bahnhof ihres Heimatdorfes einfuhr, schlug Johannas Herz bis zum Hals. Der Bahnsteig war voller Menschen – es schien, als wäre das ganze Dorf gekommen, um sie zu begrüßen. Sie erkannte vertraute Gesichter, sah Lächeln und Tränen, spürte die Wärme und Zuneigung, die ihr entgegenströmte.

Thomas war der Erste, der sie umarmte, als sie aus dem Zug stieg. Seine Umarmung war fest und tröstend, ein stummer Willkommensgruß und ein Versprechen zugleich. »Willkommen zu Hause, Johanna«, flüsterte er.

Tante Maria trat vor, ihr Gesicht von feinen Falten durchzogen, doch ihre Augen voller Sanftheit. Sie legte beide Hände an Johannas Wangen und musterte sie eindringlich.

»Du bist dünner geworden«, sagte sie, doch ihre Stimme klang eher besorgt als tadelnd.

Johanna lächelte matt. »Ich weiß.«

Maria zog sie in eine warme Umarmung, die nach Lavendel und frischer Erde duftete – nach allem, was beständig war. »Es ist gut, dass du hier bist.«

Ein weiteres vertrautes Gesicht tauchte aus der Menge auf. Eleonore Dufour stand etwas abseits, in ihren dunklen Augen lag das Wissen einer Frau, die die Höhen und Tiefen des Lebens kannte. »Nun sieh an, die verlorene Musikerin kehrt heim.«

Johanna musste trotz allem lächeln. »Ich bin zurück, Eleonore.«

Die ältere Frau nickte, als hätte sie nie daran gezweifelt. »Die Musik hat dich zurückgeführt. Es wurde Zeit.«

Die Tage bis zum Konzert vergingen wie im Flug. Johanna verbrachte viel Zeit im Haus ihres Vaters, ordnete seine Sachen, ging durch Erinnerungen und Fotografien. Jedes Ticken der vielen Uhren schien ihr eine Botschaft von ihm zu sein, eine Erinnerung an die kostbare, vergehende Zeit.

Sie streifte durch die vertrauten Räume, berührte die Gegenstände, die ihr Vater täglich benutzt hatte. Sein Lieblingspullover hing noch über dem Stuhl in der Werkstatt, als hätte er ihn gerade erst ausgezogen. Auf dem Schreibtisch lag sein Notizbuch, voller Skizzen von Uhren und kryptischer Notizen. Johanna blätterte vorsichtig darin, als könnte sie durch diese Aufzeichnungen noch einmal mit ihrem Vater kommunizieren.

In einer Schublade fand sie ein altes Fotoalbum, das sie noch nie zuvor gesehen hatte. Es enthielt Bilder aus der Jugend ihrer Eltern - ihr Vater, jung und voller Lebensfreude, neben einer Frau, die Johanna nur von wenigen vergilbten Fotografien kannte: ihre Mutter. Die Ähnlichkeit zwischen ihnen war verblüffend. Johanna starrte lange auf diese Bilder, versuchte, die Geschichten hinter den lächelnden Gesichtern zu erahnen.

Sie übte ihre »Frühlingssonate«, ließ die Klänge durch das alte Haus strömen. Manchmal, wenn sie die Augen schloss, konnte sie fast die Präsenz ihres Vaters spüren, sein leises Summen, das ihre Musik begleitete. Es war, als würde das Haus selbst atmen, als würden die Wände die Melodien aufnehmen und zurückwerfen, angereichert mit Erinnerungen und unerzählten Geschichten.

In den Pausen zwischen ihrem Üben streifte Johanna durch das Dorf. Sie ging die vertrauten Wege entlang, vorbei an den Häusern ihrer Kindheit, dem kleinen Laden, in dem sie früher Süßigkeiten gekauft hatte, der alten Schule mit ihrem quietschenden Tor. Überall begegneten ihr freundliche Gesichter, Menschen, die sie willkommen hießen,

die ihre Hand drückten und ihr sagten, wie schön es
sei, sie wiederzusehen.

Doch trotz der Wärme und Zuneigung, die ihr
entgegengebracht wurde, spürte Johanna eine seltsame Distanz. Es war, als hätte ihre Zeit in der Stadt
eine unsichtbare Barriere zwischen ihr und ihrer alten Heimat errichtet. Sie fühlte sich wie eine Besu-
cherin in ihrem eigenen Leben, hin- und hergerissen
zwischen der Vertrautheit des Dorfes und der Weite
der Welt, die sie kennengelernt hatte.

Am Abend vor dem Konzert saß Johanna lange
schweigend auf der Veranda des Elternhauses. Die
Dämmerung senkte sich über das Tal, tauchte die
Berge in ein sanftes Violett. In der Ferne läuteten
die Glocken des alten Kirchturms, ein vertrauter
Klang aus ihrer Kindheit. Sie dachte an ihren Vater,
an die vielen Abende, die sie hier gemeinsam verbracht hatten, schweigend oder in tiefe Gespräche
vertieft.

»Was würdest du jetzt sagen, Papa?«, flüsterte
sie in die Stille hinein. »Bin ich auf dem richtigen
Weg? Habe ich das Richtige getan?«

Die Antwort kam nicht in Worten, sondern in
Form einer sanften Brise, die durch die Bäume
strich und die Blätter zum Rascheln brachte. Es
klang fast wie das leise Ticken einer Uhr, ein
Rhythmus, der Johanna an die Werkstatt ihres

Vaters erinnerte. In diesem Moment spürte sie eine tiefe Gewissheit: Ihr Vater war bei ihr, würde immer bei ihr sein, in jeder Note, die sie spielte.

Am Abend des Konzerts war die kleine Dorfkirche bis auf den letzten Platz gefüllt. Johanna stand hinter dem Vorhang, ihre Geige fest umklammert, das Herz rasend vor Aufregung. Sie dachte an ihren Vater, an seine letzten Worte, an sein Vertrauen in ihre Musik. Die Nervosität, die sie verspürte, war anders als alles, was sie je vor einem Auftritt gefühlt hatte. Dies war mehr als nur ein Konzert - es war eine Heimkehr, ein Abschied und ein Neuanfang zugleich.

Als sie auf die improvisierte Bühne trat, herrschte absolute Stille. Sie sah in die Gesichter der Menschen, die sie ihr ganzes Leben lang gekannt hatten - Tante Maria mit Tränen in den Augen, den alten Schmied mit einem urigen Lächeln, Thomas, der ihr ermutigend zunickte und oben neben der Orgel saß etwas abseits Eleonore. In jedem Gesicht sah sie ein Stück ihrer Geschichte, ihrer Wurzeln.

Johanna hob ihre Geige, schloss die Augen und begann zu spielen. Die ersten Töne, das sanfte Ticken einer Uhr, erfüllten den Raum. Dann setzte die Melodie ein, zart und fragil wie die ersten Frühlingsblumen, die sich durch den Schnee kämpfen.

Sie spielte von der Kälte des Winters, von der Dunkelheit der Trauer, aber auch von der Hoffnung, die selbst in den dunkelsten Stunden nie ganz erlischt.

Die Musik erzählte von Verlust und Trauer und von der Einsamkeit der Nacht. Johanna ließ all ihren Schmerz, ihre Sehnsucht und ihre Liebe in die Melodie fließen. Es war, als würde sie ihr Herz vor allen offenlegen, verletzlich und stark zugleich.

Aber dann, ganz allmählich, begann sie sich zu wandeln. Wärmere Töne mischten sich ein, Klänge voller Mut und Zuversicht. Es war, als würde der Frühling selbst Einzug halten, als würden die ersten Sonnenstrahlen die Dunkelheit vertreiben. Die Melodie sprach von Neuanfängen, von der Kraft der Erinnerung und der Liebe, die über den Tod hinaus Bestand hat.

Johanna spielte mit geschlossenen Augen, ließ die Musik durch sich hindurchfließen. Sie spürte die Präsenz ihres Vaters, hörte sein Lachen, sah sein Lächeln. In diesem Moment verstand sie, dass er nie wirklich fort war. Er lebte weiter in ihrer Musik, in den Erinnerungen, die sie teilten, in der Liebe, die er ihr gegeben hatte.

Das Finale der Sonate war eine Hymne an das Leben, an die Schönheit der Welt und die Kraft der Musik. Johanna spielte mit einer Intensität, die den Raum zu sprengen schien. Ihre Finger flogen über die Saiten, der Bogen tanzte, und die Melodie erhob sich, kraftvoll und triumphierend. Es war, als würde sie durch ihre Musik rufen: »Seht, ich bin hier. Ich bin zurückgekehrt, verändert, aber immer noch ich selbst. Und ich bringe euch die Geschenke mit, die das Leben mir gegeben hat.«

Als der letzte Ton verklang, öffnete Johanna die Augen. Für einen Moment herrschte absolute Stille. Dann brach ein Sturm des Applauses los. Menschen sprangen von ihren Sitzen auf, Tränen flossen, und in der Luft lag eine Energie, die fast greifbar war. Es war mehr als nur Beifall für eine gelungene Aufführung - es war die kollektive Anerkennung einer gemeinsamen Reise, eines geteilten Verlustes und einer Erwartung, die alle verband.

Johanna verbeugte sich, überwältigt von den Emotionen, die ihr entgegenschlugen. Sie hatte es geschafft. Sie hatte ihre Musik, ihre Trauer und ihre Hoffnung mit den Menschen geteilt, die ihr am nächsten standen. Es war ein Neuanfang, eine Wiedergeburt.

Als sie von der Bühne trat, wartete Thomas auf sie. Er nahm ihre Hand, drückte sie sanft. »Das war wunderschön, Johanna«, sagte er leise. »Dein Vater wäre so stolz auf dich.«

Johanna lächelte unter Tränen. »Ich weiß«, flüsterte sie. »Ich konnte ihn spüren. In jeder Note.«

Sie traten gemeinsam hinaus in die Frühlingsnacht. Der Himmel war übersät mit Sternen, und eine sanfte Brise trug den Duft von Blüten und frischem Gras mit sich. Johanna atmete tief ein, fühlte, wie ein Gefühl des Friedens sie durchströmte.

In diesem Moment wusste sie, dass sie eine Entscheidung getroffen hatte. Sie würde bleiben, würde hier im Dorf ihre Musik weiterentwickeln, würde die Geschichten ihrer Heimat in die Welt hinaustragen. Es würde nicht einfach sein, das wusste sie. Die Sehnsucht nach den großen Konzertsälen, nach dem Applaus des Publikums würde nie ganz verschwinden. Aber hier, in diesem kleinen Dorf zwischen den Bergen, hatte sie etwas gefunden, das kostbarer war als aller Ruhm: ein Zuhause für ihre Seele, einen Ort, an dem ihre Musik wirklich Wurzeln schlagen konnte.

Sie wusste, dass der Weg vor ihr nicht einfach sein würde. Der Schmerz über den Verlust ihres Vaters würde nie ganz verschwinden. Aber sie hatte einen Weg gefunden, ihn zu ehren, seine Erinnerung durch ihre Musik lebendig zu halten. Und sie hatte erkannt, dass ihre Musik mehr war als nur ein Mittel zum Selbstausdruck - sie war eine Brücke zwischen den Welten, eine Möglichkeit, Menschen zu verbinden und Geschichten zu erzählen, die sonst vielleicht nie gehört worden wären.

Mit einem letzten Blick auf die Kirche, in der die Menschen noch immer aufgeregt diskutierten und sich umarmten, wandte Johanna sich Thomas zu. »Lass uns nach Hause gehen«, sagte sie leise. In diesen Worten lag ein Versprechen, eine Entscheidung, die ihr Herz mit Wärme erfüllte.

Hand in Hand machten sie sich auf den Weg durch das nächtliche Dorf. Vor ihnen lag eine ungewisse, aber hoffnungsvolle Zukunft. Johanna wusste, dass es Herausforderungen geben würde, dass der Weg nicht immer einfach sein würde. Aber sie war bereit, sich ihnen zu stellen, mit ihrer Musik als Kompass und der Liebe ihrer Heimat als Anker.

Und über ihnen, am klaren Nachthimmel, schien ein einzelner Stern besonders hell zu leuchten - als wollte er ihnen den Weg weisen, in eine Zukunft voller Musik und Liebe. Johanna lächelte zu ihm hinauf, ein stilles Dankeschön an ihren Vater, der sie gelehrt hatte, dass die wahre Kunst darin besteht, den Rhythmus des Lebens zu finden und ihm zu folgen, egal wohin er einen führt.

CODA

Der Morgen brach an wie ein zartes Aquarell, Pastelltöne von Rosa und Lavendel streiften den Himmel über den Alpen. Johanna stand am Fenster ihres Kinderzimmers, die kühle Luft strich über ihr Gesicht wie eine sanfte Erinnerung an vergangene Tage. Das Dorf erwachte langsam, ein leises Summen von Leben, das sich wie ein feiner Nebel über das Tal legte.

Sie griff nach ihrer Geige, das vertraute Gewicht in ihren Händen ein Anker in der Unsicherheit, die sie seit ihrer Rückkehr begleitete. Die Melodie, die sie spielte, war anders als alles, was sie in Berlin geübt hatte. Es war keine präzise, technisch perfekte Interpretation eines Klassikers, sondern etwas Wildes, Ungezähmtes. Die Noten schienen direkt aus den Bergen zu kommen, aus dem Rauschen der Bäche und dem Flüstern des Windes in den Tannen.

Die »Frühlingssonate« nahm Gestalt an, ein lebendiges Wesen, das durch ihre Finger atmete. Jede

Note war ein Pinselstrich auf der Leinwand ihrer Erinnerungen, malte Bilder von schneebedeckten Gipfeln, blühenden Almwiesen und dem warmen Lächeln ihres Vaters.

Ein Klopfen an der Tür unterbrach ihr Spiel. Thomas trat ein, seine Augen leuchteten vor Bewunderung. »Das klingt wundervoll, Johanna. Es ist, als würde das Tal selbst singen.«

Sie lächelte und die aufsteigende Verlegenheit färbte ihre Wangen. »Danke. Ich versuche, alles einzufangen - die Berge, das Dorf, die Menschen. Es fühlt sich an, als würde ich erst jetzt wirklich verstehen, was Musik sein kann.«

Thomas setzte sich auf die Bettkante, sein Blick ernst. »Das Dorf spricht von nichts anderem als deinem Konzert. Du gibst ihnen etwas, Johanna. Etwas, das sie lange vermisst haben, ohne es zu wissen.«

Sie senkte den Blick, plötzlich unsicher. »Und wenn ich sie enttäusche? Wenn meine Musik zu fremd, zu anders ist?«

Er nahm ihre Hand, drückte sie sanft. »Du kannst sie nicht enttäuschen. Deine Musik ist ein Teil von dir, und du bist ein Teil dieses Ortes. Sie werden es verstehen, glaub mir.«

Die Tage bis zum Konzert vergingen wie im Flug, ein Wirbel aus Proben, Vorbereitungen und stillen Momenten der Reflexion. Johanna arbeitete fieberhaft an ihrer Komposition, feilte an jeder Note, jedem Übergang. Die »Frühlingssonate« wurde zu einem lebenden, atmenden Organismus, der mit jedem Tag wuchs und sich veränderte.

In den Pausen zwischen dem Komponieren streifte sie durch das Dorf, sog die Atmosphäre in sich auf. Sie beobachtete die Bäuerin, die ihre Kühe auf die Weide trieb, lauschte dem rhythmischen Hämmern aus der Schmiede, roch den Duft von frisch gebackenem Brot aus der Dorfbäckerei. All diese Eindrücke flossen in ihre Musik ein, wurden zu Noten und Melodien.

Eines Nachmittags fand sie sich am Grab ihres Vaters wieder. Der kleine Friedhof lag still und friedlich da, umgeben von hohen Tannen, die im Wind rauschten. Johanna kniete nieder, ihre Finger strichen sanft über den kühlen Stein.

»Ich wünschte, du könntest hier sein, Papa« flüsterte sie. »Ich wünschte, du könntest hören, was ich geschaffen habe. Es ist für dich, weißt du? Für alles, was du mir gegeben hast.«

Der Wind frischte auf, ließ die Blätter der Bäume tanzen. In diesem Moment war es Johanna, als könnte sie die Stimme ihres Vaters hören, leise und liebevoll: »Ich bin hier, mein Kind. Ich höre dich. Spiel weiter.«

Mit Tränen in den Augen, aber einem Lächeln auf den Lippen, kehrte sie nach Hause zurück. Die letzten Teile der Sonate fügten sich zusammen, als hätte dieses Gespräch mit ihrem Vater den fehlenden Schlüssel geliefert.

Am Vorabend des Konzerts herrschte eine knisternde Spannung im Dorf. Überall sah man Menschen, die ihre Sonntagskleidung vorbereiteten, die Kirche wurde geschmückt, und selbst die alte Frau Huber, sonst so kritisch, summte leise vor sich hin, während sie ihre Fenster putzte.

Johanna verbrachte den Abend in der Werkstatt ihres Vaters. Sie saß zwischen den tickenden Uhren, ihre Geige im Schoß, und ließ ihren Blick über die vertrauten Werkzeuge und halbfertigen Projekte schweifen. Hier, umgeben von den Geräuschen und Gerüchen ihrer Kindheit, fand sie die Ruhe, die sie brauchte.

»Morgen ist es soweit, Papa« sagte sie leise in die Stille hinein. »Ich werde spielen, wie ich noch nie gespielt habe. Für dich, für Mama, für das Dorf. Für alles, was wir sind und waren und sein könnten.«

Die Nacht war kurz und unruhig. Johanna wachte mehrmals auf, ihr Herz raste, und Melodiefetzen schwirrten durch ihren Kopf. Als der Morgen endlich dämmerte, fühlte sie sich gleichzeitig erschöpft und hellwach, eine vibrierende Energie pulsierte durch ihren Körper.

Sie trat ans Fenster und sah zu, wie die Sonne langsam über die Berggipfel kroch, das Tal in goldenes Licht tauchte. Es war, als würde die Natur selbst ihr eine Bühne bereiten, ein grandioses Bühnenbild für ihre Musik.

Das Frühstück war eine stille Angelegenheit. Thomas saß ihr gegenüber, respektierte ihr Schweigen, war einfach da. Seine Präsenz war beruhigend, ein stiller Anker in dem Sturm von Emotionen, der in ihr tobte.

»Es wird Zeit« sagte er schließlich sanft.

Johanna nickte, unfähig zu sprechen. Sie griff nach ihrer Geige, strich sanft über das glatte Holz. In diesem Instrument steckte alles - ihre Kindheit, die Träume ihrer Eltern, ihre eigene Reise. Es war mehr als nur ein Musikinstrument; es war der Schlüssel zu ihrer Seele.

Der Weg zur Kirche glich einem Spießrutenlauf. Überall standen Menschen, nickten ihr zu, lächelten aufmunternd. Johanna spürte ihre Blicke, die Erwartungen, die auf ihren Schultern lasteten. Würde sie ihnen gerecht werden können?

Die kleine Dorfkirche war bis auf den letzten Platz gefüllt. Der Geruch von Weihrauch und frischen Blumen hing in der Luft, vermischte sich mit dem aufgeregten Flüstern der Zuschauer. Johanna stand hinter dem improvisierten Vorhang, ihr Herz hämmerte so laut, dass sie fürchtete, es würde die Musik übertönen.

Thomas trat zu ihr, nahm ihre zitternden Hände in seine. »Du schaffst das«, sagte er leise. »Denk einfach an all die Momente, die dich hierher geführt haben. Lass die Musik sprechen.«

Sie nickte stumm, drückte seine Hände ein letztes Mal. Dann atmete sie tief durch und trat auf die Bühne.

Die Stille, die sich über den Raum legte, war fast greifbar. Johanna sah in die Gesichter vor ihr - vertraute Züge, die sie ihr ganzes Leben lang begleitet hatten. Da war Frau Huber, ihre Augen feucht vor Erwartung. Der alte Schmied, seine rauen Hände gefaltet, als würde er beten. Und Thomas, in der ersten Reihe, sein Blick voller Vertrauen und Liebe.

Johanna schloss die Augen, hob die Geige ans Kinn und begann zu spielen.

Die ersten Töne waren zart, fast zögerlich. Sie erzählten von kalten Winternächten, von der Stille schneebedeckter Felder. Doch dann, ganz allmählich, begann die Melodie sich zu wandeln. Wärmere Klänge mischten sich ein, wie die ersten Sonnenstrahlen, die den Frost zum Schmelzen bringen.

Die Musik nahm die Zuhörer mit auf eine Reise durch die Jahreszeiten, durch die Geschichte des Dorfes und durch Johannas eigenes Leben. Da war das fröhliche Plätschern des Frühlingsbaches, in dem sie als Kind gespielt hatte. Das sanfte Summen der Bienen auf den Sommerwiesen, der Duft von frisch gemähtem Gras. Der melancholische Klang fallender Blätter im Herbst, ein Abschied und zugleich ein Versprechen auf Wiederkehr.

Johanna spielte mit geschlossenen Augen, ließ die Musik durch sich hindurchfließen. Sie war nicht mehr sie selbst, sie war der Bogen, die Saiten, die Melodie. In diesem Moment verschmolz alles - ihre Kindheit im Dorf, ihre Zeit in Berlin, die Trauer um ihren Vater und die Hoffnung auf die Zukunft.

Die Zuhörer hielten den Atem an, gefangen von der Intensität der Musik. Einige weinten leise, andere lächelten verzückt. Es war, als würde Johanna mit jeder Note eine Geschichte erzählen, die Geschichten ihrer aller Leben.

Als sie den letzten Satz der Sonate erreichte, öffnete Johanna die Augen. Ihr Blick fiel auf den leeren Stuhl in der ersten Reihe, den Platz, den ihr Vater eingenommen hätte. Für einen Moment stockte ihr der Atem, doch dann sah sie es - ein Sonnenstrahl, der durch das Kirchenfenster fiel und genau diesen Platz in goldenes Licht tauchte.

Mit einem Lächeln auf den Lippen spielte sie das Finale, eine jubelnde Melodie voller Hoffnung und Neuanfang. Es war ein Versprechen an die Zukunft, eine Hommage an die Vergangenheit und eine Feier des gegenwärtigen Moments.

Als der letzte Ton verklang, herrschte für einen Herzschlag absolute Stille. Dann brach ein Sturm des Applauses los. Menschen sprangen von ihren Sitzen auf, Tränen flossen, und in der Luft lag eine Energie, die fast greifbar war.

Johanna verbeugte sich, überwältigt von den Emotionen, die ihr entgegenschlugen. Sie hatte es geschafft. Sie hatte ihre Musik, ihre Geschichte, mit den Menschen geteilt, die ihr am nächsten standen.

Als sie von der Bühne trat, wartete Thomas auf sie. Er nahm sie wortlos in die Arme, hielt sie fest, während die Wellen der Emotionen über sie hinwegrollten. »Das war wunderschön«, flüsterte er. »Du hast uns alle berührt, Johanna. Du hast uns unsere Seelen zurückgegeben.«

Der Rest des Tages verschwamm zu einem Wirbel aus Glückwünschen, Umarmungen und Gesprächen. Die Dorfbewohner schienen wie verwandelt, ihre Gesichter strahlten, als hätte Johannas Musik etwas in ihnen geweckt, das lange geschlummert hatte.

Spät am Abend, als der Trubel sich gelegt hatte, fand Johanna sich auf der Veranda ihres Elternhauses wieder. Sie saß in dem alten Schaukelstuhl ihres Vaters, die Geige auf dem Schoß und blickte hinaus in die Nacht. Der Himmel war übersät mit Sternen, und eine sanfte Brise trug den Duft von Tannen und wilden Blumen mit sich.

Thomas setzte sich neben sie, reichte ihr ein Glas Wein. »Woran denkst du?« fragte er leise.

Johanna nahm einen Schluck, ließ den Geschmack auf ihrer Zunge zergehen. »An alles« antwortete sie. »An den Weg, der mich hierher geführt hat. An die Entscheidungen, die ich getroffen habe. An die Zukunft.«

»Und? Wie sieht sie aus, diese Zukunft?«

Sie schwieg einen Moment, ließ ihren Blick über die dunklen Umrisse der Berge schweifen. »Ich weiß es nicht genau«, sagte sie schließlich. »Aber ich weiß, dass sie hier beginnt. In diesem Dorf, mit dieser Musik.«

Thomas nahm ihre Hand, drückte sie sanft. »Du könntest große Konzerthallen füllen, Johanna. Die Welt steht dir offen.«

Sie lächelte, ein Lächeln voller Wärme und neugefundener Sicherheit. »Die Welt ist hier, Thomas. In jedem Gesicht, das ich heute gesehen habe. In jeder Geschichte, die in diesem Tal schlummert. Ich will diese Geschichten erzählen, mit meiner Musik. Ich will sie hinaustragen in die Welt, aber von hier aus, von diesem Ort, der mich geprägt hat.«

Er nickte verstehend, seine Augen leuchteten im Sternenlicht. »Und ich werde an deiner Seite sein, wenn du es erlaubst.«

Johanna lehnte sich zu ihm, legte ihren Kopf an seine Schulter. »Es gibt keinen Ort, an dem ich lieber wäre« flüsterte sie.

Sie saßen lange so da, schweigend, eingehüllt in die Nachtluft und die Verheißung der Zukunft. Im Haus tickten leise die Uhren, ein stetiger Rhythmus, der sie an die Vergänglichkeit der Zeit erinnerte. Doch in diesem Moment, zwischen den Echos ihrer Musik und dem sanften Atem der schlafenden Berge, fühlte Johanna eine tiefe Ruhe in sich.

Sie hatte ihren Platz gefunden, ihre Stimme. Hier, in diesem kleinen Dorf zwischen den Bergen, würde sie ihre Musik weiter wachsen lassen. Sie würde die Geschichten ihrer Heimat in Melodien verwandeln und sie hinaus in die Welt tragen. Es würde nicht immer einfach sein, das wusste sie. Es würden Momente des Zweifels kommen, Momente, in denen die Sehnsucht nach den großen Bühnen sie packen würde.

Aber sie hatte etwas gefunden, das wertvoller war als aller Ruhm: eine Verbindung zu ihren

Wurzeln, eine Quelle der Inspiration, die nie versiegen würde. Und sie hatte Menschen um sich, die sie liebten und unterstützten, die an sie glaubten.

Als der Morgen zu dämmern begann, ein zarter Schleier aus Licht, der sich über das Tal legte, stand Johanna auf. Sie streckte sich, spürte, wie neue Energie durch ihren Körper strömte. Ein neuer Tag begann, ein neues Kapitel in ihrem Leben.

Sie griff nach ihrer Geige, strich sanft über das glatte Holz. Dann begann sie zu spielen, eine neue Melodie, die sich in ihrem Kopf formte.

Thomas beobachtete sie, ein Lächeln auf den Lippen. Er wusste, dass dies erst der Anfang war. Johannas Musik würde wachsen, würde sich verändern, würde neue Wege finden, die Herzen der Menschen zu berühren. Und er würde an ihrer Seite sein, würde ihre Hand halten, wenn sie zweifelte, und mit ihr jubeln, wenn sie triumphierte.

Die ersten Sonnenstrahlen brachen über die Berggipfel, tauchten das Tal in goldenes Licht. Ein neuer Tag, eine neue Melodie, ein neuer Anfang. Johanna spielte weiter, ihre Musik ein Gruß an den Morgen, eine Einladung an das Leben, das vor ihr lag.

In der Ferne läuteten die Kirchenglocken, riefen die Dorfbewohner zu einem neuen Tag. Johanna wusste, dass sie bereit war. Bereit, ihre Musik mit der Welt zu teilen, bereit, die Geschichten ihres Dorfes, ihrer Familie, ihrer selbst zu erzählen. Mit jeder Note, die sie spielte, webte sie ein unsichtbares Band zwischen Vergangenheit und Zukunft.

Die »Frühlingssonate« war nur der Anfang. In ihrem Kopf formten sich bereits neue Melodien, neue Geschichten, die darauf warteten, erzählt zu werden. Sie würde von den Jahreszeiten singen, von den Menschen, die hier lebten, von den Bergen, die über allem wachten. Sie würde von Liebe und Verlust singen, vom Leben und Neuanfängen.

Und vielleicht, dachte sie, während ihre Finger über die Saiten tanzten, vielleicht würde ihre Musik eines Tages andere inspirieren. Vielleicht würde sie junge Musiker dazu ermutigen, ihre eigenen Wurzeln zu erforschen, ihre eigenen Geschichten zu erzählen. Vielleicht würde sie eine Brücke schlagen zwischen den Generationen, zwischen den Kulturen.

Als sie die letzten Noten spielte, öffnete Johanna die Augen. Die Welt um sie herum schien in neuem Licht zu erstrahlen. Jeder Grashalm, jeder Tautropfen, jeder Stein schien eine Geschichte zu erzählen, wartete nur darauf, in Musik verwandelt zu werden.

Sie drehte sich zu Thomas um, ihre Augen leuchtend vor Begeisterung. »Ich habe so viele Ideen«, sagte sie atemlos. »So viele Geschichten, die ich erzählen möchte.«

Er lachte, zog sie in seine Arme. »Dann lass uns anfangen« sagte er. »Die Welt wartet auf deine Musik, Johanna.«

Hand in Hand gingen sie ins Haus, bereit, dieses neue Kapitel gemeinsam zu beginnen. Die Zukunft lag vor ihnen, ungewiss, aber voller Möglichkeiten. Und Johanna wusste, dass sie, solange sie ihre Musik hatte und die Menschen, die sie liebte, allem gewachsen war, was das Leben ihr bringen würde.

Das Ticken der Uhren begleitete sie, ein stetiger Rhythmus, der sie an die kostbare, vergehende Zeit erinnerte. Aber in Johannas Ohren klang es nicht mehr wie ein Mahnruf, sondern wie eine Aufforderung, jeden Moment zu nutzen, jede Note zu genießen.

Sie setzte sich an den alten Schreibtisch ihres Vaters, zog ein leeres Notenblatt zu sich heran. Mit sicherer Hand begann sie zu schreiben, ließ die Melodien fließen, die in ihr sangen. Es war der Beginn eines neuen Werkes, einer neuen Reise.

Draußen erwachte das Dorf zum Leben. Johanna hörte die vertrauten Geräusche - das Muhen der Kühe, das Krähen des Hahns, das Lachen spielender Kinder. All diese Klänge mischten sich in ihrer

Vorstellung zu einer großen Symphonie des Lebens.

Sie wusste, dass der Weg nicht immer einfach sein würde. Es würden Tage kommen, an denen die Noten sich sperrten, an denen es ihr unmöglich schien, sich zu konzentrieren. Aber sie wusste auch, dass sie nicht allein war. Sie hatte die Erinnerungen an ihre Eltern, die Unterstützung von Thomas, die Liebe ihres Dorfes. Und sie hatte ihre Musik, die treue Begleiterin, die ihr half, selbst die dunkelsten Momente in Schönheit zu verwandeln.

Mit einem Lächeln beugte Johanna sich über ihr Notenblatt, den Stift fest in der Hand. Die Sonne stieg höher, tauchte den Raum in warmes Licht. Ein neuer Tag, eine neue Melodie, ein neues Leben begann. Und Johanna war bereit, jede Note davon auszukosten.

Als der Tag voranschritt, spürte Johanna eine wachsende Unruhe in sich. Die Euphorie des Konzerts und die Klarheit des frühen Morgens wichen einer leisen, aber beharrlichen Stimme der Ungewissheit. War ihre Entscheidung, im Dorf zu bleiben, wirklich der richtige Weg? Hatte sie nicht jahrelang davon geträumt, die großen Bühnen der Welt zu erobern?

Sie legte den Stift beiseite und trat ans Fenster. Draußen ging das Leben seinen gewohnten Gang.

Frau Huber fegte den Gehweg vor ihrem Haus, der alte Schmied hämmerte rhythmisch in seiner Werkstatt, und eine Gruppe Kinder spielte lachend auf der Dorfwiese. Es war ein vertrautes, tröstliches Bild, und doch fühlte Johanna sich plötzlich wie eine Außenseiterin, gefangen zwischen zwei Welten.

Thomas, der ihre Unruhe spürte, trat zu ihr. »Was bedrückt dich?« fragte er sanft, eine Hand auf ihre Schulter legend.

Johanna seufzte tief. »Ich weiß nicht, Thomas. Gestern Abend, heute Morgen, da schien alles so klar. Aber jetzt... Ich frage mich, ob ich nicht zu voreilig war. Ob ich nicht doch einen Fehler mache, wenn ich hier bleibe.«

Er schwieg einen Moment, ließ ihren Worten Raum. Dann sagte er: »Weißt du, Johanna, manchmal ist der richtige Weg nicht der, der am einfachsten erscheint. Manchmal ist es der, der uns am meisten herausfordert.«

Sie drehte sich zu ihm um, Verwirrung in ihren Augen. »Was meinst du damit?«

»Ich meine«, fuhr er fort, »dass es vielleicht einfacher wäre, nach Berlin zurückzukehren, den ausgetretenen Pfad zu gehen. Aber hier, in diesem Dorf, hast du die Chance, etwas wirklich

Einzigartiges zu schaffen. Deine Musik mit deinen Wurzeln zu verbinden, etwas Neues entstehen zu lassen.«

Johanna ließ seine Worte auf sich wirken. Sie dachte an die Gesichter der Dorfbewohner während des Konzerts, an die Emotionen, die ihre Musik geweckt hatte. Sie erinnerte sich an das Gefühl der Verbundenheit, das sie gespürt hatte, als sie die »Frühlingssonate« spielte.

»Du hast Recht«, sagte sie schließlich. »Es wird nicht einfach sein. Aber vielleicht ist es gerade das, was ich brauche. Eine Herausforderung, die mich wachsen lässt.«

Thomas lächelte warm. »Und du bist nicht allein, Johanna. Das ganze Dorf steht hinter dir. Und ich... ich bin an deiner Seite, wenn du mich haben willst.«

Sie ergriff seine Hand, drückte sie fest. »Ich kann mir niemanden vorstellen, mit dem ich diesen Weg lieber gehen würde.«

In diesem Moment klopfte es an der Tür. Es war der Bürgermeister, gefolgt von einer kleinen Gruppe Dorfbewohner. Sie trugen ein in Tücher gehülltes Objekt mit sich.

»Johanna«, begann der Bürgermeister, sichtlich bewegt, »Wir wollten dir etwas überreichen. Als Dank für deine wundervolle Musik und als Zeichen unserer Unterstützung für deine Zukunft hier bei uns.«

Mit feierlicher Geste enthüllten sie das Objekt. Es war eine alte, wunderschön restaurierte Geige. Das Holz glänzte im Sonnenlicht, und als Johanna sie vorsichtig in die Hände nahm, sah sie, dass es sich um eine Guarneri handelte.

»Das ist...« sie rang nach Worten, überwältigt von der Geste.

»Wir haben Sie als Wertanlage des Dorfes erworben« erklärte Frau Huber. »Wir haben Spenden gesammelt und die Bank hat sich beteiligt. Damit du ein Instrument hast, das deiner Musik würdig ist.«

Tränen stiegen Johanna in die Augen. Sie strich sanft über die glänzende Oberfläche des Instruments, spürte die Geschichte, die in diesem Holz schlummerte. All die Menschen, die darauf gespielt hatten, all die Melodien, die Sie schon gehört hatte.

»Ich weiß gar nicht, was ich sagen soll« flüsterte sie.

Der alte Schmied trat vor, seine rauen Hände sanft auf die ihre legend. »Sag nichts, Kind. Spiel einfach. Spiel für uns, für dich, für die Zukunft.«

Johanna hob ehrfürchtig die Geige an ihr Kinn. Ihre Finger schwebten einen Moment über den Saiten, dann begann sie zu spielen. Es war keine fertige Komposition, sondern ein Improvisieren, ein

Erfühlen des Instruments. Die Töne füllten den Raum, vermischten sich mit dem Sonnenlicht, das durch die Fenster fiel, mit dem Duft der Wildblumen, die jemand in einer Vase auf den Tisch gestellt hatte.

Während sie spielte, spürte Johanna, wie sich etwas in ihr löste. Die letzten Unsicherheiten schmolzen dahin wie Schnee in der Frühlingssonne. Sie wusste jetzt mit absoluter Gewissheit, dass sie am richtigen Ort war. Hier, in diesem Dorf, umgeben von Menschen, die sie liebten und unterstützten, würde sie ihre Musik wachsen lassen.

Als die letzten Töne verklangen, herrschte für einen Moment absolute Stille. Dann brach Applaus los, warm und herzlich. Johanna verbeugte sich leicht, ein strahlendes Lächeln auf ihrem Gesicht.

»Danke«, sagte sie, ihre Stimme voller Emotion. »Danke für dieses wundervolle Geschenk. Und danke, dass ihr an mich glaubt. Ich verspreche euch, ich werde mein Bestes geben, um diesem Vertrauen gerecht zu werden.«

Der Bürgermeister räusperte sich, offensichtlich gerührt. »Johanna, wir haben noch eine Bitte an dich. Würdest du in Erwägung ziehen, in der Dorfschule Musikunterricht zu geben? Es wäre eine wunderbare Möglichkeit, dein Wissen und deine

Leidenschaft an die nächste Generation weiterzugeben.«

Johanna spürte, wie sich ihr Herz mit Wärme füllte. Die Vorstellung, ihr Wissen weiterzugeben, junge Menschen für die Musik zu begeistern, erfüllte sie mit Freude. »Es wäre mir eine Ehre«, antwortete sie ohne zu zögern.

In den folgenden Wochen und Monaten entfaltete sich ein neuer Rhythmus in Johannas Leben. Die Vormittage verbrachte sie komponierend, ließ sich von den Geräuschen des erwachenden Dorfes, dem Rauschen des Windes in den Tannen und dem Zwitschern der Vögel und dem Murmeln des fernen Baches inspirieren. Nachmittags unterrichtete sie in der Dorfschule, sah mit wachsender Begeisterung, wie die Augen der Kinder leuchteten, wenn sie zum ersten Mal eine Melodie meisterten.

Abends saß sie oft mit Thomas auf der Veranda, lauschte den Geschichten der Dorfältesten, die vorbeikamen, um einen Kaffee zu trinken und von vergangenen Zeiten zu erzählen. All diese Eindrücke, diese Geschichten, flossen in ihre Musik ein, formten sich zu Melodien und Harmonien, die das Leben im Tal widerspiegelten.

Ihre »Alpensymphonie«, an der sie nun arbeitete, wurde zu einem lebendigen, atmenden Werk. Es war mehr als nur Musik - es war eine Hommage an das Leben hier, an die Menschen und die Natur. Und doch war es auch modern, innovativ, eine Brücke zwischen den Welten.

An manchen Tagen, wenn der Zweifel sich wieder meldete, wenn die Sehnsucht nach den großen Bühnen sie packte, ging Johanna hinaus in die Berge. Sie wanderte die steilen Pfade hinauf, bis sie einen Aussichtspunkt erreichte, von dem aus sie das ganze Tal überblicken konnte. Dort oben, umgeben von der majestätischen Stille der Berge, fand sie ihre Mitte wieder.

Sie erinnerte sich an die Worte ihres Vaters: »Johanna, deine Musik ist wie diese Berge. Sie hat Wurzeln, tief und fest, aber sie strebt auch nach oben, zum Himmel. Vergiss nie, woher du kommst, aber hab auch keine Angst, neue Gipfel zu erklimmen.«

Mit jedem Tag, der verging, mit jeder Note, die sie schrieb, mit jedem Kind, das sie unterrichtete, wuchs Johannas Überzeugung, dass sie den richtigen Weg gewählt hatte. Sie hatte nicht die Welt verlassen, um in diesem Tal zu bleiben. Sie hatte die Welt in dieses Tal gebracht, hatte einen Weg gefunden, ihre Kunst mit ihren Wurzeln zu verbinden.

Und während die Jahreszeiten wechselten, während die »Alpensymphonie« Gestalt annahm, während die Kinder in der Schule immer selbstbewusster ihre Instrumente spielten, wusste Johanna: Dies war erst der Anfang. Ihre musikalische Reise hatte gerade erst begonnen, und sie war gespannt darauf, wohin sie sie führen würde.

Mit Thomas an ihrer Seite, dem Dorf im Rücken und der Musik in ihrem Herzen war Johanna bereit für alles, was die Zukunft bringen mochte. Sie hatte ihren Platz in der Welt gefunden, ihre eigene, einzigartige Stimme. Und diese Stimme würde weithin gehört werden, würde Geschichten erzählen von Bergen und Tälern, von Liebe und Verlust.

Die Sonne sank hinter die Berge, tauchte das Tal in goldenes Licht. Johanna saß auf der Veranda und lauschte einer Aufnahme ihrer Frühlingssonate.

Und irgendwo, in den Echos der Musik, in den Schatten der Dämmerung, schien das Lächeln ihres Vaters zu schweben, voller Wärme und Geborgenheit. Johanna lächelte, ihr Herz voller Dankbarkeit für den Weg, der sie hierher geführt hatte, und voller Vorfreude auf alles, was noch kommen würde.

KADENZ

Die Morgendämmerung kroch über die Alpengipfel, als Johanna den Zug bestieg. Das erste Licht des Tages brach sich in den Tautropfen auf den Wiesen, verwandelte das Tal in ein glitzerndes Meer. Sie presste ihre Handfläche gegen das kühle Glas des Fensters, als könnte sie so ein Stück Heimat mitnehmen.

Der Zug setzte sich in Bewegung, ein sanftes Ruckeln, das Johanna an den Rhythmus ihrer »Alpensymphonie« erinnerte. Ein Jahr war vergangen seit jenem Konzert, das alles verändert hatte. Ein Jahr voller Musik, Wachstum und unerwarteter Wendungen.

Während die vertraute Landschaft an ihr vorbeizog, ließ Johanna ihre Gedanken wandern. Sie dachte an die Kinder in der Dorfschule, deren Augen leuchteten, wenn sie zum ersten Mal eine Melodie meisterten. An die Abende auf der Veranda, wo sie den Geschichten der Alten lauschte, jede Anekdote ein Samenkorn für neue Kompositionen.

Die Geige auf ihrem Schoß war wie ein lebendiges Wesen, warm und vertraut. Ihre Finger strichen sanft über das glatte Holz, spürten die feinen Maserungen, die Geschichten von unzähligen Konzerten erzählten. In wenigen Stunden würde sie auf einer der größten Bühnen der Hauptstadt stehen, ihre »Alpensymphonie« einem Publikum präsentieren, das die Berge nur von Postkarten kannte.

Ein leises Lächeln huschte über Johannas Lippen. Wie sehr hatte sie sich einst nach diesem Moment gesehnt, nach dem Rampenlicht und dem Applaus der Massen. Doch nun, ein Jahr später, war es nicht mehr der Ruhm, der sie antrieb. Es war der Wunsch, eine Geschichte zu erzählen. Die Geschichte ihres Tals, ihrer Menschen, ihrer Reise.

Der Zug durchquerte einen Tunnel, kurze Dunkelheit umhüllte sie. Johanna schloss die Augen, ließ die Geräusche auf sich wirken. Das rhythmische Rattern der Räder, das leise Murmeln der anderen Passagiere, der Wind, der um die Waggons pfiff. Alles verschmolz zu einer Symphonie der Bewegung, einem Lied des Übergangs zwischen den Welten.

Als das Tageslicht zurückkehrte, hatte die Landschaft sich verändert. Die schroffen Felsen wichen sanfteren Hügeln, dann weiten Ebenen. Die Stadt kündigte sich an, erst zaghaft mit vereinzelten Häusern, dann immer dichter, bis die Hochhäuser wie Riesen am Horizont aufragten.

Johanna spürte, wie ihr Herz schneller schlug. Nicht vor Aufregung wie früher, sondern vor Vorfreude. Sie würde spielen, ja. Aber diesmal nicht, um zu beeindrucken oder zu gefallen. Sie würde spielen, um zu verbinden. Um eine Brücke zu schlagen zwischen den Bergen und der Stadt.

Der Bahnhof empfing sie mit seinem Gewirr aus Geräuschen und Gerüchen. Menschen hasteten vorbei, jeder in seiner eigenen kleinen Welt gefangen. Johanna blieb einen Moment stehen, atmete tief durch. Sie schloss die Augen und lauschte. Unter dem Lärm, ganz leise, hörte sie es: den Herzschlag der Stadt, den Rhythmus des Lebens.

In ihrem Hotelzimmer packte sie sorgsam ihre Geige aus. Ihre Finger glitten über die Saiten, zupften eine leise Melodie. Es war ein Ritual geworden, diese stumme Zwiesprache mit ihrem Instrument vor jedem Auftritt.

»Wir haben eine Geschichte zu erzählen, du und ich« flüsterte sie.

Ein Klopfen an der Tür riss sie aus ihren Gedanken. Thomas trat ein, sein Lächeln warm und vertraut wie der erste Kaffee am Morgen.

»Bereit?«, fragte er sanft.

Johanna nickte. »Mehr als je zuvor.«

Gemeinsam machten sie sich auf den Weg zur Konzerthalle. Die Straßen der Stadt pulsierten vor Leben, ein krasser Gegensatz zur Ruhe ihres Tals. Und doch, in den Gesichtern der Menschen, in ihren Gesten und Blicken, sah Johanna dieselben Geschichten, dieselben Sorgen und Ängste wie zu Hause.

Hinter der Bühne herrschte geschäftiges Treiben. Techniker eilten umher, Musiker stimmten ihre Instrumente. Johanna stand still inmitten des Chaos, ein Fels in der Brandung. Sie schloss die Augen, ließ die Geräusche über sich hinwegwaschen. Dann, ganz langsam, begann sie zu summen. Die Melodie ihrer »Alpensymphonie« erhob sich, leise aber klar, über den Lärm.

Als Johanna die Bühne betrat, hielt der gesamte Konzertsaal den Atem an. Das Scheinwerferlicht umhüllte sie wie eine warme Decke, ließ ihre Geige golden schimmern. Sie blickte in die Menge, sah erwartungsvolle Gesichter, neugierige Blicke. Für einen Moment überkam sie ein Gefühl der Ehrfurcht. Wie weit war sie gekommen? Von den vertrauten Bergen und dem kleinen Dorf bis zu diesem prestigeträchtigen Saal.

Doch dann hob sie ihre Geige ans Kinn, und mit dem ersten Bogenstrich verschwand alle Unsicherheit. Die Musik floss aus ihr heraus, mühelos, natürlich wie ein Gebirgsbach. Sie spielte von schneebedeckten Gipfeln und blühenden Almwiesen, von der Stille der Bergseen und dem Rauschen des Windes in den Tannen.

Aber sie spielte auch von den Menschen. Von rauen Händen, die zärtlich ein neugeborenes Lamm hielten. Von Lachfalten um Augen, die zu viele harte Winter gesehen hatten. Von Kindern, die barfuß über taufrische Wiesen liefen. Und von der Weisheit der Alten, die in jeder Wettervorhersage, jedem Kräutertee, jeder Handarbeit steckte.

Die »Alpensymphonie« war mehr als nur Musik. Sie war eine Einladung, eine ausgestreckte Hand. Johanna führte ihr Publikum durch die Jahreszeiten, ließ sie die Kälte des Winters und die Wärme des Sommers spüren. Sie zeigte ihnen die Schönheit der Einsamkeit und die Kraft der Gemeinschaft.

Mit jedem Takt, jeder Note, schien der Konzertsaal sich zu verwandeln. Die hohen Wände wichen zurück, machten Platz für majestätische Berggipfel. Der polierte Marmorboden wurde zu einer blühenden Almwiese. Und die Menschen im Publikum? Sie waren nicht länger passive Zuhörer, sondern

Wanderer auf einer musikalischen Reise durch die Alpen.

Als Johanna den letzten Satz ihrer Symphonie erreichte, wagte sie einen kurzen Blick ins Publikum. Ihr Herz machte einen Sprung, als sie in der dritten Reihe ein vertrautes Gesicht entdeckte: Professor Bronstein, ihr ehemaliger Mentor und einer der renommiertesten Musikkritiker des Landes. Seine Anwesenheit hatte sie nicht erwartet, und für einen kurzen Moment drohte die Nervosität sie zu überwältigen. Doch sie fing sich schnell, ließ sich von der Kraft ihrer Musik tragen und spielte mit noch mehr Leidenschaft.

Als der letzte Ton verklang, herrschte für einen Atemzug absolute Stille. Es war, als hätte Johanna mit ihrer Musik die Zeit selbst angehalten. Dann brach tosender Applaus los, eine Welle der Begeisterung, die den ganzen Saal erfasste. Menschen sprangen von ihren Sitzen auf, riefen »Bravo!« und »Zugabe!«. Tränen glitzerten in vielen Augen, bewegt von der Schönheit und Tiefe der Musik.

Johanna verbeugte sich, ihr Herz voller Dankbarkeit und Ehrfurcht. Sie hatte es geschafft. Sie hatte ihre Welt, ihre Geschichten, mit diesen Menschen geteilt. Und sie hatten verstanden.

Zurück in ihrer Garderobe ließ Johanna sich erschöpft, aber glücklich auf einen Stuhl sinken. Die

Anspannung der letzten Stunden fiel langsam von ihr ab, und eine tiefe Zufriedenheit breitete sich in ihr aus. Sie hatte gerade ihre Geige weggelegt, als es an der Tür klopfte.

»Herein« rief sie, noch immer ein wenig atemlos.

Die Tür öffnete sich, und zu ihrer Überraschung trat Professor Bronstein ein. Sein Gesicht, normalerweise eine Maske der Strenge und Kritik, zeigte eine Mischung aus Bewunderung und Rührung.

»Johanna«, sagte er, seine Stimme ungewohnt sanft, »ich hoffe, ich störe nicht.«

Sie schüttelte den Kopf, zu überwältigt, um zu sprechen.

»Ich muss Ihnen etwas gestehen«, fuhr Bronstein fort, während er näher trat. »Als ich hörte, dass Sie Ihre Karriere in Berlin aufgegeben haben, um in die Berge zurückzukehren, war ich… nun, sagen wir, skeptisch. Ich dachte, Sie würden Ihr Talent verschwenden.«

Johanna spürte, wie ihr Herz sich zusammenzog. Die Worte ihres alten Mentors hatten immer noch Gewicht.

Doch dann lächelte Bronstein, ein warmes, ehrliches Lächeln, das seine Augen erreichte. »Aber heute Abend haben Sie mir bewiesen, wie falsch ich lag. In all meinen Jahren als Musiker und Kritiker habe ich selten etwas so Bewegendes gehört. Sie haben nicht nur Musik gemacht, Johanna. Sie haben uns eine ganze Welt gezeigt.«

Tränen stiegen Johanna in die Augen. »Danke, Professor«, flüsterte sie. »Das bedeutet mir sehr viel.«

Bronstein trat noch näher und nahm ihre Hände in seine. »Wissen Sie, ich dachte immer, wahre Musik könne nur in den großen Konzertsälen, in den kulturellen Zentren entstehen. Aber Sie haben mir heute Abend bewiesen, dass ich falsch lag. Die wahre Musik, die Musik, die Herzen berührt und Seelen bewegt, sie kommt von dort, wo das Herz zu Hause ist.«

Er drückte ihre Hände fest. »Gehen Sie Ihren Weg weiter, Johanna. Bleiben Sie Ihren Bergen treu, Ihren Wurzeln. Aber teilen Sie diese Schönheit, diese Weisheit mit der Welt. Wir brauchen sie, mehr denn je.«

Mit Tränen in den Augen umarmte Johanna den Professor. In diesem Moment spürte sie, dass sie nicht nur als Musikerin gereift war, sondern auch als Mensch. Sie hatte erkannt, dass wahre Größe nicht in Perfektion liegt, sondern darin, andere zu berühren und Verbindungen zu schaffen. Später, als der Trubel sich gelegt hatte, stand Johanna am Fenster ihres Hotelzimmers. Die Lichter der Stadt glitzerten wie Sterne, ein Himmel aus Menschenhand. Sie dachte an ihr Dorf, an die stille Dunkelheit der Bergnächte. Zwei Welten, so verschieden und doch durch unsichtbare Fäden verbunden.

Thomas trat neben sie, legte sanft einen Arm um ihre Schultern. »Woran denkst du?« fragte er leise.

Johanna lächelte. »An zu Hause. An die Kinder in der Schule, an den alten Flügel, an die Geschichten, die noch darauf warten, erzählt zu werden. Und an all die Menschen hier, die heute Abend einen Teil unserer Welt mit nach Hause nehmen.«

Er nickte verstehend. »Du hast eine Brücke gebaut, Johanna. Eine Brücke aus Musik.«

»Ja« sagte sie. »Und ich weiß jetzt, dass ich beides haben kann. Die Berge und die Welt. Es ist keine Frage des Entweder-Oder mehr.«

Sie drehte sich zu ihm, ihre Augen leuchtend vor Entschlossenheit. »Ich werde zurückkehren, Thomas. Immer wieder. Ich werde meine Musik in die Welt tragen, aber ich werde sie aus unseren Bergen schöpfen. Aus unseren Geschichten, unseren Leben. Und vielleicht, ganz vielleicht, kann ich ein bisschen von der Ruhe und Weisheit der Berge in die hektische Welt der Städte bringen.«

Er zog sie näher an sich. »Und ich werde an deiner Seite sein. In den Bergen und in der Stadt.«

Johanna schmiegte sich an ihn, lauschte dem Rhythmus seines Herzschlags. In diesem Moment wusste sie, dass sie angekommen war. Nicht an einem Ort, sondern in sich selbst. Sie hatte ihren Platz gefunden, ihre Stimme, ihre Bestimmung.

Die Nacht hüllte die Stadt ein, ein sanfter Schleier aus Dunkelheit und Licht. In der Ferne hörte Johanna das leise Rauschen des Verkehrs, den Pulsschlag der Großstadt. Und doch, wenn sie die Augen schloss, konnte sie das Flüstern der Tannen hören, das ferne Läuten der Kuhglocken.

Zwei Welten, vereint in ihrer Musik. Zwei Herzen, die im gleichen Takt schlugen. Und eine Zukunft, die sich vor ihr ausbreitete wie eine ungeschriebene Partitur, voller Möglichkeiten und unentdeckter Melodien.

Johanna lächelte in die Nacht hinaus. Morgen würde sie zurückkehren, zurück in ihre Berge. Aber sie würde wiederkommen, immer wieder, um ihre Geschichten zu erzählen, um Herzen zu berühren mit ihrer Musik.

Denn das war es, was sie nun wusste: Ihre wahre Heimat war nicht ein Ort. Sie war der Klang ihrer Geige, das Lachen der Kinder, die sie unterrichtete, die Liebe in Thomas' Augen. Sie war die Melodie, die in ihrem Herzen sang, eine Symphonie aus

Vergangenheit und Zukunft, aus Bergen und Städten, aus Träumen und Wirklichkeit.

Und diese Symphonie, das wusste Johanna, würde nie verstummen. Sie würde weiterklingen, in den Herzen all jener, die sie berührt hatte, und in den unzähligen Leben, die sie noch berühren würde. Mit ihrer Musik hatte Johanna nicht nur eine Brücke zwischen Berg und Tal gebaut, sondern auch zwischen dem Gestern und dem Morgen.

Als sie schließlich ins Bett ging, den Kopf voller Melodien und das Herz voller Dankbarkeit, wusste Johanna: Dies war nicht das Ende ihrer Reise. Es war ein neuer Anfang, der Auftakt zu einer Symphonie, die ihr ganzes Leben lang spielen würde.

POSTLUDE

Mit dem letzten Akkord von Johannas »Alpensymphonie« endet nicht nur ein Konzert, sondern auch unsere Reise durch die Höhen und Tiefen ihres Lebens. Von den schneebedeckten Gipfeln ihrer Heimat bis zu den glitzernden Konzerthallen der Großstadt haben wir Johanna begleitet, haben ihre Kämpfe, ihre Zweifel und ihre Triumphe miterlebt.

Johannas Geschichte ist mehr als nur die Erzählung einer talentierten Musikerin. Sie ist eine Allegorie für den ewigen Konflikt zwischen Erbe und Innovation, zwischen den Wurzeln, die uns nähren und den Flügeln, die uns in die Welt hinaustragen. In ihrem Ringen um Identität und künstlerischen Ausdruck spiegeln sich die Herausforderungen wider, denen wir alle in einer sich rasch wandelnden Welt gegenüberstehen.

Die »Frühlingssonate« steht symbolisch für Johannas Entwicklung - von den ersten zaghaften Tönen des Erwachens bis hin zur vollen Blüte ihrer künstlerischen Kraft. Wie der Frühling selbst, der die Natur aus dem Winterschlaf erweckt, so erweckt Johannas Musik die schlummernden Gefühle und Erinnerungen in den Menschen um sie herum.

Doch Johannas wahre Stärke liegt nicht allein in ihrem musikalischen Talent. Es ist ihre Fähigkeit, Brücken zu bauen - zwischen Vergangenheit und Zukunft, zwischen den Bergen und der Stadt, zwischen den Generationen. Ihre Musik wird zum Medium, durch das alte Geschichten neu erzählt und verstanden werden können.

In einer Zeit, in der wir oft das Gefühl haben, zwischen den Welten zu stehen, erinnert uns Johannas Reise daran, dass wir nicht wählen müssen. Wir können unsere Wurzeln ehren und gleichzeitig neue Horizonte erkunden. Wir können die Weisheit der Tradition mit dem Mut zur Erneuerung verbinden.

Letztendlich ist »Frühlingssonate« eine Geschichte über die Kraft der Authentizität. Johannas größter Triumph liegt nicht in den Ovationen eines großstädtischen Publikums, sondern in dem Moment, in dem sie ihre eigene, unverwechselbare Stimme findet - eine Stimme, die von den Bergen geprägt, aber nicht begrenzt wird.

Möge Johannas Reise uns alle inspirieren, unserer eigenen inneren Melodie zu lauschen und den Mut zu finden, sie mit der Welt zu teilen. Denn wie Johanna uns zeigt, liegt die wahre Schönheit der

Musik - und des Lebens - nicht in der Perfektion, sondern in der Authentizität unseres Ausdrucks.

NACHWORT

Liebe Leserin, lieber Leser,

Musik ist mehr als nur Klang. Sie ist Erinnerung, Sehnsucht und eine Brücke zwischen Vergangenheit und Zukunft. *„Die Frühlingssonate"* erzählt nicht nur die Geschichte einer talentierten Geigerin, sondern auch die eines inneren Kampfes – zwischen Pflicht und Leidenschaft, zwischen Heimat und Aufbruch.

Während des Schreibens habe ich mich oft gefragt, wie sehr unsere Herkunft uns prägt und wie schwierig es sein kann, den eigenen Weg zu finden, ohne die Wurzeln zu verlieren. Die Musik in diesem Roman ist nicht nur ein Leitmotiv, sondern auch eine Sprache, die dort beginnt, wo Worte enden.

Ich hoffe, dass Johannas Geschichte Sie berührt und inspiriert hat – vielleicht dazu, alten Träumen nachzuspüren oder neue Wege zu wagen. Vielleicht auch dazu, Musik auf eine andere Weise zu hören.

Vielen Dank, dass Sie „*Die Frühlingssonate*“ gelesen haben. Und vielleicht denken Sie beim nächsten
Hören von Beethovens Sonate an Johanna – und an
all die Melodien, die noch darauf warten, gespielt
zu werden.

Mit herzlichen Grüßen

Stefan Radau

Gifted

"Gifted" erzählt die Geschichte von Clara, einer Frau, die sich seit jeher anders fühlt - schneller in ihren Gedanken, kreativer und dennoch fremd in einer Welt, die ihre Andersartigkeit nicht versteht. Als sie auf Lena, eine Barkeeperin mit ähnlichen Erfahrungen, trifft, wird Claras Leben aus der Routine gerissen. Lena erkennt Claras ungenutztes Potenzial und bringt sie dazu, einen Intelligenztest zu machen. Das Ergebnis: Clara ist hochbegabt. Doch statt Erleichterung bringt diese Erkenntnis Schmerz und Selbstzweifel. Wie anders hätte ihr Leben verlaufen können, wenn sie dies früher gewusst hätte? Zwischen der Herausforderung, ihre wahre Identität zu akzeptieren, und der Frage, was aus ihrem Leben noch werden kann, begibt sich Clara auf eine emotionale Reise. Dabei taucht Jonas, ein alter Freund, wieder in ihr Leben auf, und mit ihm die Möglichkeit einer neuen Zukunft - doch nur, wenn Clara bereit ist, sich selbst anzunehmen. "Gifted" ist ein tiefgründiger Roman über Selbstfindung, innere Zerrissenheit und den Mut, ein authentisches Leben zu führen.

ISBN 978-3-7597-7828-4

Bibliografische Information der Deutschen Nationalbibliothek: Die Deutsche Nationalbibliothek verzeichnet diese Publikation in der Deutschen Nationalbibliografie; detaillierte bibliografische Daten sind im Internet über http://dnb.dnb.de abrufbar.

Die automatisierte Analyse des Werkes, um daraus Informationen insbesondere über Muster, Trends und Korrelationen gemäß §44b UrhG („Text und Data Mining") zu gewinnen, ist untersagt.

Verlag: BoD · Books on Demand GmbH,
In de Tarpen 42, 22848 Norderstedt, bod@bod.de

Druck: Libri Plureos GmbH, Friedensallee 273, 22763 Hamburg

ISBN: 978-3-7597-6796-7